글밥 짓는 여자

글밥 짓는 여자

이지영 에세이

문학공감

글을 시작하며

글을 쓴다는 건 대단히 멋진 일이었다.

내 속에 살고 있는 뒤죽박죽한 이야기들을 깨끗이 닦아 가지 런히 정리해 둘 수 있었기 때문이다.

후~하고 불면 온 사방으로 흩어져 버리는 민들레 홀씨처럼 대단한 것은 못되었다. 하지만 결코 아무것도 아니라고 할 수 없는 이야기들.

유년 시절의 기억이 그랬고, 잊고 있던 여행지에서의 다정한 안부가 그랬다. 또는 무거운 겨울을 간신히 벗겨낸 새해 첫날 느껴지는 봄 냄새 같은 것들이었으며, 첫아이를 안고 젖을 물릴 때마다 그렇게도 예뻐 보이던 까만 속눈썹이 그랬다.

나는 막 날아가려는 것들을 붙잡아 글밥을 지었다. 그렇게 지 어진 글들은 갑자기 뛰어 들어왔다가 홀연히 사라져버리고 마 는 것이 아니라 언제든 퍼담아 먹을 수 있는 든든한 양식이 되 어주었다.

달콤쌉싸름한 이야기들을 붙잡아 쓰여진 글들은 페이지마다 유쾌하게 춤추며 너울거린다. 겨울엔 여름의 태양이 그립고, 여름엔 겨울의 눈장난이 그립듯이 중년의 나는 가볍고 경쾌한 것이 그리웠나보다.

　행여 나이값 못한다는 질책이라도 들을까 겁이난 나는 점잖은 체하며 명상에 관련된 글을 장식처럼 둘러 놓았으니 달콤쌉싸름 하면서도 오묘한 맛까지 곁들여진 글밥으로 완성되었다.

　모쪼록 이 책을 계기로 많은 분들이 자신의 이야기로 멋진 글밥을 지어내길 바라는 마음에서 책이 나오게 된 과정을 실어 놓았다.

　대단한 요리 솜씨가 아니어도 따뜻한 밥은 누구나 지을 줄 아는 것처럼 글이라는 것도 한 자 한 자 써 내려가다 보면 문장이 된다. 그러니 부디 온 우주를 통틀어 단 하나의 예술품인 당신과 당신의 삶이 활자와 더불어 아름답게 춤추기를 기원한다.

　끝으로 책을 쓸 수 있도록 용기 주신 북텔러 양성기관 '책과 사람' 서상윤 대표님께 감사드리고, 늘 고마운 우리 가족에게 사랑을 전하고 싶다.

　모두의 건강과 평온을 기원하며…

2021년 2월 2일

글밥 짓는 여자 이리영

Contents

별것 아닌 일상이
여름 볕에 반짝인다

가을에는 엉뚱한 생각마저도
빨간 능금으로 익는다

하얀 눈길 위로
나란히 찍힌 부부의 발자국

명상 이야기

봄 햇살은
가족을 꽃 피운다

그리움에는
단맛과 쓴맛이 섞여 있다

찬 바람이 불면 젊은 엄마는 뜨개질을 시작하셨다.

5남매의 등쌀에 크고 작은 실뭉치들은 작고 네모난 방을 굴러다니느라 끝도 없이 긴 꼬리를 달고 있었다. 지난해 입던 옷을 풀어서 감아놓은 것은 라면 가락처럼 고불고불하였고 새로 산 실로 감아놓은 것은 폭신폭신하면서도 곱고 예뻤다.

엄마가 뜨개질을 시작할 때마다 포근한 스웨터, 방울 달린 목도리, 앙증맞은 벙어리장갑 같은 것을 매번 기대해 보았다. 그러나 엄마는 일편단심 민들레처럼 오로지 내복 바지만을 짜셨다. 그것은 옷이라기보다 매서운 칼바람을 대비한 5남매의 구호품이었다.

아주 어렸을 적에는 각자의 색깔이 따로따로 구분되어 있었던 걸로 기억한다. 그러나 해를 거듭할수록 색깔은 고려대상이 아닌 듯했다. 행여라도 못 입게 될 것이 염려되시는지 여러 번을 불러 세워 대보시기에도 손이 너무 바쁘셨다.

온 방을 굴러다니던 색색깔의 실뭉치로 짜여진 5남매의 내복 바지는 참으로 볼만했다. 받아든 그것이 겉에 입는 옷이 아니라 서 그 얼마나 다행이었는지 모른다.

게다가 오른쪽 다리와 왼쪽 다리를 비슷하게라도 맞추어 주 셨으면 너무 좋았을 테지만 다른 바지를 합해 놓은 듯 다양하면 서도 윗부분은 하나로 마무리 되었으니 묘하게 화려했다. 그러 니 우리가 내복바지를 입는 것과 공작새가 꼬리를 펴는 것이 별 반 다르지 않았으리라.

그렇게 우리 5남매는 겨울마다 죽여주는 색감의 핫한 '게바지' 를 하나씩 지급받았다. 유난스럽게 추위를 탔던 나는 봄이 오는 소식을 들을 때까지 그걸 껴입고 있었는지도 모르겠다. 지금 생 각하면 화려한 색감은 둘째치고 그 거친 것을 어떻게 입고 다녔 는지 그것이 이해 불가이다.

요 며칠 불어닥친 강추위에 옛날 생각이 많이 났다.

그렇게나 춥고 길던 겨울이 왜 다시 그리워지는지, 그때의 몹 쓸 게바지가 왜 그렇게 그리운지 모르겠다.

젊은 엄마가 오른손에 쥐고 있던 대바늘로 건너편에 걸려있 는 실을 잡아 올리면 털실이 엮어져 갔고, 그럴 때마다 뜨개옷 감은 춤을 춰대며 한 칸씩 늘어갔다.

늦은 밤 고단한 엄마의 손놀림으로 서글프면서도 화려한 예

술품이 만들어져 가고 있었고 가끔씩 엄마의 한숨 소리가 들렸
는지도 모르겠다.

　돌이켜 보니 그리움도 두 개의 대바늘에 걸린 실처럼 단맛과
쓴맛이 서로 어우러져 있었다. 단맛이 쓴맛을 걸어 올리기도 하
였고 어느 땐 쓴맛이 단맛을 걸어 올리기도 하였으니 그리움은
결국 달콤 쌉싸름한 맛이었다.

부모라는
울림통

오늘은 아버님의 칠순 잔칫날이다.

이른 새벽부터 여자들은 어머님께서 맞추어 놓은 미용실로
몰려갔다. 중요한 날인 만큼 몹시도 기대를 하고 갔으나 미용사
는 잘 달구어진 고대기를 들고 삼십 분마다 한 명씩 빵틀로 찍
어내듯 똑같은 분장으로 완성시켜가며 흡족해하였다. 빵틀에서
막 나온 내 모양새를 보니 도깨비도 울고 갈 꼴락서니였다. 나는
미용사가 안 보이는 쪽으로 돌아앉아 하늘로 솟은 머리도 눌러
앉히고 얼굴에 분칠도 덜어내어 가까스로 도깨비 꼴은 면했다.

여자들은 그렇게 다른 판으로 얼굴을 갈아 끼우고 한복까지
둘러 단장을 마쳤다. 어머나 세상에. 색동저고리에 다홍치마를
받쳐입고 댕기를 물린 내 새끼는 누가 채가기라도 할까 봐 겁이
날 정도로 예쁘고 눈이 부셨다.

어머님은 빵틀 단장을 마친 미용사에게 사례를 했고 다섯 명
의 공작은 꼬리를 흔들며 식장으로 향했다.

식장에 도착해 보니 남편은 악단 연주자와 사회자에게 연신

꾸벅이며 아부를 하고 있었다. 곧이어 온 동네 어르신들과 일가 친척이 와주셨다.

식이 시작되자 사회자는 어르신들을 들었다 났다 하는 입담으로 좌중을 즐겁게 하였고 단상에 마련된 고임상 앞에 아버님과 어머님이 나란히 앉아 계셨다.

"아들 두 분 나오세요~"

두 아들이 단상으로 걸어 나가니 두루마기에 매달린 옷고름이 기분 좋게 춤을 추듯 앞장서고 있었다.

"자, 큰 아드님은 아버님을 업으시고, 작은아들은 어머님을 업어주세요."

바로 그때! 따뜻한 술 한잔을 받아 놓은 뒤 성문을 향해 힘차게 달려 나가는 관운장처럼 단상 쪽으로 빠르게 나아가는 사람이 있었으니 그게 바로 나였다. 나는 손을 높이 들고 치맛자락을 펄럭이며 단상 쪽으로 나가 나의 등장을 알리며 맏며느리인 내가 아버님을 업어드리고 싶다고 했다.

사회자는 여자 관운장의 멋진 언사에 기함했고, 좌중도 귀를 의심하는 눈치다. 악단에서 들리는 음악 소리를 신호로 두루마기를 점잖게 빼입은 큰아들은 어머님을 업어드렸고, 한복을 곱게 받쳐 입은 새댁은 아버님을 업어드렸다. 실은 업어드리는 시늉만 하고 듬직한 작은아들에게 넘겨 드리려고 한 것인데 뜻대로 되질 않았다. 아버님을 업어드리고도 힘이 조금 남았기 때문이었다.

'이 어르신이 이렇게 가벼워도 되는 건가?'

큰아들에게 업혀 웃고 계시는 어머님 역시 무게감 없이 업혀 계신 듯했다. 그렇게 늙으신 부모님은 등에 업히신 채 환하게 웃으며 손을 흔들고 계셨고 젊은 부부는 속 빈 강정 같은 부모님을 업고 서글픈 생각을 떨쳐내려 애쓰고 있었다.

언젠가 남편이 말했다. 객지에서 지내다 오랜만에 부모님을 뵈러 가면 어머님은 그길로 나가셔서 해가 뉘엿뉘엿해져야 겨우 돌아오셨다고 했다. 다시 객짓밥을 먹으러 나가야 하는 자식에게 그저 뭐라도 주고 싶어 하셨기에 잘 익은 옥수수며, 갓 익은 열매며, 야들야들한 야채며 할 것 없이 먹을 것을 잔뜩 이고 지고 오셨다고 했다. 오랜만에 온 자식 얼굴을 온종일 보아도 부족하셨을 텐데 그런 단꿈은 접어 두시고 뭐라도 주고 싶어 안달을 내셨다.

홀로 객짓밥을 삼키던 그 아들이 이젠 어엿한 가정을 꾸렸고 예전의 부모님만큼 지긋한 나이가 되었는데도 부모님의 안달은 변함이 없다. 늙으신 몸속으로 바가지를 밀어 넣어 뭐든 긁히는 게 있으면 기어코 그것을 퍼내어 자식 품에 채워주신다. '다 늙어 빠져' 아무것도 없을 것 같은 그곳에서는 언제라도 뭐가 나왔으며 결국 자식은 또 그것을 받아든다.

그러니 부모님을 뵐 때마다 자식은 더욱 든든해져 갔고 그럴수록 늙으신 부모님은 텅 비어 울림통이 되어 가고 있었다.

아버지와
짜장면

아버지는 눈이 부리부리하셨고 다부진 체구에 짧게 깎은 스포츠머리를 고수하셨다. 한겨울 신사복으로 하얀 목티에 까만 가죽점퍼를 입으셨다.

그렇게 겉보기에 조폭 두목 같으신 아버지는 겨우내 감언이설로 우리를 놀리셨는데 그건 엄마의 공조가 있었기에 가능한 일이었다.

엄마는 저녁밥을 푸고 나면 한쪽이 닳아 빠진 숟가락으로 가마솥을 긁어 누룽지를 눈 굴리듯 하여 아버지 손에 쥐여드렸다. 엄마의 마음이야 자식새끼 먹이고 싶었겠지만 마지못해 아버지에게 갖다 바쳤고 아버지는 TV를 보면서 저녁 간식으로 그걸 드셨다.

겨울밤은 길고 긴 법.

5남매가 아버지 누룽지에 욕심을 내고 달려들면 아버지는 눈꼬리를 내리고 불쌍한 표정을 지으며 항상 이렇게 말씀하셨다.

"이건 아버지 약이야. 아버지가 아파서 먹는 거야."

그런 거짓말에 떨어져 나갈 우리가 아니다. 까막까막 쳐다보고 있으면 아버지는 얼마 지나지 않아 병아리 눈물만큼씩 떼어서 한 놈씩 나누어 주셨다. 그걸 받아먹던 우리는 치사하게 생각하면서도 그렇게 맛있을 수가 없었다. 그러니 그 노릇을 멈출 수가 없었다. 그렇게 겨우내 아버지의 감언이설이 계속되었고 우리도 호락호락하게 물러서지 않으며 겨울을 버텼다.

기다리던 봄이 왔고 초등학교 2학년이 된 나는 어느날 그네를 타다가 넘어져서 한쪽 팔을 다치는 바람에 아버지께서 병원에 데려다주셨다. 병원에서는 뼈에 금이 갔다고 했고 기부스(깁스 Gips)를 해주었다.

시계를 보니 점심때가 다 되었다.

아버지는 배고프지 않냐고 하시면서 "짜장면 먹을래? 빵 먹을래?"하고 물으셨다. 한 번도 짜장면을 먹어보지 못한 나로서는 당연히 빵이 먹고 싶다고 했다.

아버지는 나를 빵집으로 데리고 갔다. 내가 골랐는지 아버지가 고르셨는지 몰라도 조금 있자니 주인이 우리 앞으로 수북이 담긴 빵 접시를 내주었다. 정말로 맛이 좋았다.

정신없이 먹다가 아버지를 보니 드시지 않고 계셨다. 왜 안드시냐고 하니 빵은 별로 생각이 없다고 하셨다. 미안하지만 나는 빵이 너무 맛있어서 더 이상은 아버지한테 신경 쓸 여력이 없었다.

　두 번째 경과를 보러 가는 날도 진료를 마치고 나오니 점심 무렵이었다. 아버지는 지난번과 같이 "짜장면 먹을래? 빵 먹을래?" 하고 물으셨다. 나는 이번에도 빵을 먹겠다고 했고, 지난번과 똑같이 빵 한 접시를 다 먹을 동안 아버지는 그냥 앉아계셨다.

　마지막으로 기부스를 풀고 병원에서 나왔다.
　"짜장면 먹을래? 빵 먹을래?"
　이번이 마지막 빵 구경이 될 것을 알기에 더욱 큰소리로 빵이라고 대답하자 더는 안 되겠던지 그러지 말고 오늘은 짜장면을 먹어보라고 하시며 웃으셨다. 나는 하는 수 없이 아버지를 뒤따라 짜장면집으로 갔다.
　아버지는 앉으시자마자 짜장면 곱빼기 하나와 보통 하나를 시키셨고, 이내 짜장면 두 그릇이 우리 앞에 놓였다. 시커멓게 생긴 게 아주 요상했다. 한심스럽기 짝이 없는 그것을 젓가락으로 말아 올려 입에 넣어 보았다. 그 순간 나는 아버지가 그렇게 원망스러울 수가 없었다. 아니 이렇게 맛있는 걸 이제야 사주시다니!

　아버지는 짜장면 곱빼기를 추루룹 소리 몇 번, 젓가락질 몇 번 만에 다 드셨다. '마파람에 게 눈 감추듯'이란 말을 몰랐기에 망정이지, 그때 그 말을 알았다면 아버지 앞에서 써먹었을지도 모르겠다.

입에 짜장이 묻은 줄도 모른 채 젓가락질에 여념이 없는 나를 보시더니 맛있냐고 물으셨다. 그렇다고 하니 기분 좋게 웃으셨다. 아버지도 짜장면 드실 때는 내가 안 보였나 보다. 다 드시고 나서야 맛이 어떠냐고 물으신 걸 보면….

아버지는 짜장면만 좋아하시는 게 아니셨다. 식사때마다 고봉밥을 드셨다.

요즘 밥그릇으로 치자면 아니다, 밥그릇보다는 밥솥하고 견줘도 전혀 꿀리지 않는 고봉밥을 끼니마다 드셨다.

빨갛게 지진 돼지불고기를 좋아하셔서 엄마가 자주 해드렸다. 고기반찬이 있는 날에는 고봉밥을 다 드시고도 좀 더 달라고 하셨다. 그만큼 잘 드셨고, 많이 드셨으며, 아무리 아프셔도 입맛이 없어 밥을 못 먹겠다는 소리는 들어보질 못했다. 그렇게 먹는 것 자체가 신앙이었던 아버지가 나를 위해 빵집에서 두 번이나 굶고 계셨던 것이다.

눈치가 없어도 너무 없었던 아홉 살의 먹부림에 대해 아버지께 죄송했다고 말씀드리고 싶은데 그러지 못하고 있다.

너무 먼 곳으로 가셨기에….

찢어진 운동화

마당으로 햇볕이 기를 쓰고 덤벼드는 뜨거운 여름날이었다.

언니들과 오빠는 학교에 갔고 일곱 살의 나는 동생과 놀고 있었다. 그날 엄마는 꽃장식이 달린 아주 예쁜 샌들을 사 오셨다.
꾸러미를 풀어 마루에 내려놓으셨는데 생전 처음 보는 샌들이 얼마나 예쁘고 앙증맞던지 우리는 입을 다물지 못한 채 새 신발 앞으로 달려들었다. 그러나 샌들은 단 한 켤레 뿐이었다.
동생은 그저 좋아 죽겠다는 표정이었고 나도 그러고는 있었지만 그게 누구 것인지 몹시도 궁금했다.

'엄마가 나 신으라고 이렇게 예쁜 샌들을 사 오신 걸까?'

생각만 해도 온몸이 둥둥 떠오를 것처럼 기뻤다. 그러나 엄마는 동생 앞으로 샌들을 놔주시며 신어 보라고 하셨다. 뒤꿈치쪽으로 여유가 있는 걸 보니 동생에게는 약간 큰 듯했다. 하지만 동생은 그걸 신은 채 뜨거운 여름 마당을 깡충거리며 휘젓고 다녔고 엄마는 웃으며 쳐다보셨다.

그날 나는 동생이 낮잠을 자는 사이 몰래 일어나 가지런히 놓인 샌들에 내 발을 밀어 넣어 보았다. 내게는 꼭 맞았다. 처음 신어 보는 샌들이 참 예쁘고 마음에 들었다.

'이 샌들이 내 것이라면 얼마나 좋을까?'

그렇게 몇 번을 더 걸어보았는데 마치 남의 것을 훔쳐 신기라도 한 것처럼 가슴이 두근거렸다.

그 여름날의 속상함 때문이었는지 몰라도 나는 결국 엄마에게 신발로 분풀이를 했다.

초등학교 4학년 때였다. 엄마에게 신발 한 짝을 보여주었다. 멀쩡해 보이는 운동화였지만 엄마에게 보인 오른쪽은 뒷부분이 망가져 있었기에 걸을 때마다 훌떡 훌떡 벗겨졌다. 그래서 걷는 게 너무 불편하니 새로 사달라고 졸랐다. 알았다고 하셨지만, 엄마는 신발을 사주지 않으셨다. 한 번을 더 말씀드렸지만 역시 알았다고만 하셨다.

멀쩡한 왼쪽 신발 때문에 안 사주시는 거라고 생각했다. 나는 그 얄미운 왼쪽 신발을 들고 밖으로 나가 흙바닥에 주저앉히고 힘껏 문질러 댔다.

힘이 모자란 것인지 기술이 없어서 그런지 애쓴 보람도 없이 신발은 아주 멀쩡한 얼굴로 나를 빤히 쳐다보고 있었다. 양쪽이 다 떨어져야 사주실 테니 포기할 수는 없었다.

다시 그것을 들고 시멘트 다리까지 찾아가 갈고 또 갈았다. 어느 정도 그렇게 공을 들이다 보니 운동화 바닥이 거친 시멘트에 조금씩 갈려 나갔다. 그러나 윗부분은 여전히 멀쩡했다.

신발은 그렇게 징하게 멀쩡했고 그럴수록 나도 악을 쓰며 달려들어 이번엔 신발을 엎어놓고 갈기 시작했다. 결국 뒤축까지 너덜거렸다.

'이만하면 됐다.'

그날 저녁 망가져 버린 양쪽 신발을 다시 엄마에게 보여주었다. 다음 날 아침 일찍 책가방을 메고 엄마를 따라 시장에 갔다. 양쪽 신발이 다 떨어졌으므로 신발을 사 신고 나서야 등교할 수가 있었기 때문이다.

신발 가게 주인은 나에게 예쁜 구두를 보여주며 어떠냐고 물었다. 나쁜 짓을 해서 신발을 사 신게 되었으므로 그렇게 예쁜 구두는 어쩐지 내게 어울릴 것 같지가 않았다.

나는 빨간색과 검정색 체크 문양 안에 동짜몽이라고 쓰여있는 운동화를 골랐고 드디어 새 신발을 신고 학교에 등교할 수 있었다. 그렇게 해서 유년 시절의 신발 사건이 일단락 되었다.

그러나 그 여름 코흘리개 계집아이의 서러움과 운동화를 시멘트 바닥에 갈던 그날 저녁의 비릿한 자책이 내 안의 비밀 창고 안에 꽤 오랫동안 상처로 남아있었다. 내가 두 아이를 낳아 기르던 어느 날에도 그 상처는 치유되지 않은 채 그대로 남아있었기에 나는 여전히 서러웠다.

그러나 세월이 좀 더 흘러 이 나이를 먹고 보니 엄마를 이해할 수 있게 되었다. 아이 둘을 키우고 있는 나로서도 그때그때의 상황에 따라 큰아이를 더 챙겨줄 때도 있고 작은 아이를 더 챙겨줘야 할 때도 있었다. 우리 엄마는 5남매를 키우셨으니 오죽하셨으랴.

끝도 없이 굴러떨어져 내리는 시시포스의 돌을 밀어 올리듯 하루하루를 그렇게 살아오셨을 것이다. 그러니 다섯 놈 중 어느 놈 하나의 운동화가 찢어졌어도 대수롭지 않은 일이었으리라. 그땐 왜 그걸 몰랐을까?

기억이란 실로 보잘것없는 것이기도 했다.

예쁜 샌들과 새로 산 운동화는 아직까지도 선명하게 기억나지만, 악을 쓰며 갈아 대던 그날의 찢어진 운동화는 어떤 신발이었는지 전혀 기억나지 않는다.

나는 그렇게 내 상처만을 또렷이 기억해 내고 있었고, 고단한 엄마의 마음은 아무리 떠올려 보려고 해도 기억나지 않는 찢어진 운동화처럼 내 기억속에 자리잡지 못하고 있었다.

우리집 꼬맹이

조그맣고 귀여운 꼬맹이가 낮잠을 곤히 자고 있다.

조금 전에 알림장을 쓰고 있었으니 어떻게 썼는지 궁금하여 펼쳐 보았다.

'우리 엄마에 대해 써오세요.'

아직 손에 힘이 없어 삐뚤빼뚤 써진 글씨로 이렇게 적혀 있었다.

'우리 엄마는
참 착하다.
그런데 맨날
잠만 잔다.'

웃어야 할지 울어야 할지 몰랐지만 웃음이 먼저 터져 나온 걸 보니 웃어야 할 일이 맞나 보다.

언제가 한번은 알림장에 냉장고에 있는 것을 써오라고 되어있었고 앙증맞은 손으로 또 귀여운 만행을 저질러 놓았다.

'김치, 당근, 오이, 냄.새.…'

초여름 어느날 어머님께서 깻잎반찬을 보내오셨다. 꼬맹이에게 방금 지은 따뜻한 밥 위로 깻잎을 조그맣게 찢어서 얹어주었더니 맛있게 먹었다. 그렇게 점심을 먹고 둘이 손을 붙잡고 산책을 나갔다.

꼬맹이가 검지손가락을 세우더니 바람에 흔들거리는 플라타너스 나뭇잎을 가리키며 "엄마 저기 깻잎들좀 봐~" 하면서 활짝 웃고 있었다.

울 애기가 1학년 반 친구들과 출발선에 서 있었다. 선생님의 호각 소리를 듣고 제법 달려 나갔다. 그러나 어느 정도 지나자 힘이 달렸는지 속도를 내지 못했고 결국 네 번째로 들어왔다.

속이 상해 엄마 품으로 안겨 들어와 울상을 짓더니 "엄마 내가 더 빨리 달렸는데 쟤가 새치기했어!" 하면서 3등 한 아이를 가리켰다.

오늘은 내 생일날.

'안녕하세요, 어머님. 생신 진짜 축하드려요~ 반장 친구 ○○예요.'라고 쓰인 비슷한 문자들이 한꺼번에 쏟아져 들어오는 통에 내 전화기가 연신 울어댔다. 어느 정도 조용해질 때쯤 고등학생이 된 딸아이가 전화를 걸어왔다.

"엄마, 생일 축하해~ 애들한테도 축하 문자 보내라고 했는데 많이 받았어?"

녀석은 그날 저녁 축하 문자 수신 리스트를 챙겼다. 내일 가서 문자를 보내지 않은 애들을 조지려나 보다.

방학이 되면 우리집 식구는 평소 듣지 못한 희한한 소리를 들어야 했다. 그 소리는 우리 딸아이가 머리 긁는 소리다. 두피가 다른 사람보다 특수한 건지 사람이 특수해서 그러는지 이상하게 긁히는 소리도 유별났다.

"에그! 머리 좀 감앗!"

"한 번 샴푸 할 때마다 환경오염이 얼마나 되는데~, 나 혼자라도 지구를 지킬 거야!"

그렇게 독선적인 환경운동 덕분으로 방학마다 식구들의 고막은 몸살을 앓아야만 했다.

이쯤에서 마무리해야겠다. 우리딸 시집도 보내야 하니 더는 무리다. 나머지는 비공식적인 루트를 통해 발설해야겠다.

역지사지

코흘리개 철부지였던 우리도 어느덧 부모가 되었다.

우리는 옛 철부지 근성이 올라올 때마다 아이들을 놀려 먹는다. 다리에서 주워왔다고도 했고 무서운 망태 할아버지가 잡아간다고 겁을 주기도 했다. 그럴 때마다 녀석들의 얼굴빛이 변해가는 꼴을 쳐다보면 그렇게 재미있을 수가 없다.

특히 아들 녀석은 잘도 속아 넘어가 주니 놀려먹는 재미가 더욱 쏠쏠했다. 그렇게 뻔한 거짓말에도 잘 속고 엄마 말이라면 곧잘 듣던 녀석이 아홉 살이 되더니 컴퓨터 게임에 빠져 엄마 말을 귓등으로 들었다.

저놈의 팔을 묶어 놓는 수 말고는 뾰족한 방법이 없을 것 같다. 아무리 이쪽으로 넘어오라고 혼내고, 달래고, 회유해도 꼼짝을 안 하니 고약한 놈을 잡으러 내가 저쪽으로 가봐야겠다.

"그렇게 재밌어?"
하고 물으니 볼이 터질 듯 웃음을 지으며

"응! 정말 재밌어. 엄마"

"그래? 그럼 엄마도 같이해볼까?"

"정말? 진짜 엄마도 할 거야?"

'감자곰탱이'라는 닉네임을 단 녀석은 크레이지아케이드 물풍
선 터트리기 게임을 조목조목 제법 알아듣게 설명해 주었다.

(이 녀석 언제 이렇게 컸담.)

신나는 음악 소리와 함께 게임이 시작되었고 꼬마 마스터께서
잘 알려주신 덕분인지 어렵지 않게 시작할 수가 있었다. 그러나
아들은 내 물풍선을 터트리며 무지막지하게 공격해 오고 있었
고 나는 기겁을 하며 도망치기 바빴다. 요리조리 피해 다녀보았
지만 내 쪽은 벌써 쑥대밭. 다시 시작해서 악을 쓰며 해봐도 역
시 녀석을 이길 수가 없었다. 그러나 몇 번 하다 보니 나도 실력
이 붙어 서로 겨뤄 볼 만했다. 상대편 물풍선을 터트릴 때마다
나오는 신나는 음악이 내 심장을 마구 뛰게 했다.

"게임 좀 그만해. 엄마 말 안 들려?"하고 우리 엄마가 혼낸대
도 등짝을 맞으면 맞았지 절대 일어날 수가 없을 것 같았다.

'어이쿠야, 이렇게 재미있는 거였구나.'

임무도 잊은 채 신이 나서 게임을 하던 나는 가까스로 정신이
들었다.

"어! 안 되겠다. 우리 지금부터 딱! 한 시간만 하자. 한 시간

후에 너는 책 읽고 엄마도 엄마 할 일 하는 거야. 어때?"라고 말하니 녀석은 대답을 하면서도 좋아 죽겠다는 표정이다.

시간은 야속하게 흘러 몇 판 하지도 않았는데 벌써 약속한 시간이 다 되어갔다. 딱! 한 판만 더하자고 말하고 싶었지만 엄마 체면에 그럴 수는 없었다.

아들은 내 얼굴을 쳐다보며 씩 웃고 있었다. 게임 때문에 머리가 똑똑해진 것인지 몰라도 녀석은 내 마음을 훤히 들여다보고 있었다. 녀석이 전원 버튼을 꾹 누르자 까만 화면이 나왔고, 그렇게 재미있던 세상 문도 닫혀 버렸다.

그 이후로도 아들이 게임을 오래 한다 싶으면 엄마랑 같이 한 시간만 하자고 말하며 작업에 들어갔다. 물론 끝날 때마다 아들은 코가 쑥 빠진 내 얼굴을 보며 게임 종료 버튼을 눌렀다.

나는 점점 게임의 맛에 중독 되어갔고 아들은 울상이 되어버린 내 얼굴을 보는 것을 몹시도 즐기는 눈치다.

만화영화에서처럼 나를 조종하는 악당의 우두머리가 있었다면 "이런 멍청한 녀석 같으니라고!" 하면서 내게 호통을 칠 게 분명했지만 나는 그런 것이 없으니 다행이었다.

어느 꼰대의
변(辯)

이노무시키들은 못하는 소리가 없다.

니체가 말한 것처럼 나도 중력의 영을 벗어던지고 밝고 경쾌하게 춤추듯 아이처럼 살고 싶었다. 그리고 가끔은 그렇게 살고 있다고 생각했다. 그런데 뜻밖에도 아들 녀석이 "엄마는 꼰대야!"라는 말을 했다.

너희들은 엄마 입에 잔소리하는 자동장치라도 달린 줄 알겠지만 천만의 말씀이다. 너희들이 듣기엔 뻔한 잔소리 같아도 그 소리는 내부 장기에서부터 타고 올라오는 반백 년의 지혜란 말이다. 그것을 너희들 귓구녕으로 쑤셔 넣는 이유는 우리가 할 일이 없어 그러는 게 아니란 말이다. 눈에 넣어도 아깝지 않은 너희들이 우리가 거쳐온 삶처럼 넘어지고, 다치고, 힘들어하는 것을 차마 볼 수 없어서 그런 것이다. 그렇지만 너희들이 자꾸 꼰대라고 하니 고민을 안 해볼 수가 없구나. 그래 어쩌면 이건 우리의 조바심일 뿐이겠구나. 이 조바심은 너희들이 멋지게 펼쳐 내고자 하는 '입체적 삶'을 자꾸 망치로 두들겨 평평하게 다림질하고 있는 건지도 모르겠다.

우리가 그렇게 목에 힘을 주어 말하는 반백 년의 지혜란 것도 알고 보면 많이 넘어지고, 실수하고 아프면서 얻게 되었듯이 너희에게도 마음껏 실수하고 마음껏 넘어지면서 성장할 기회를 주어야겠다.

그래!
아들아, 멋진 삶을 펼쳐라.
나는 당분간 꼰대 파업이다.

교양 머리 없는
고기 사랑

요즘은 도통 기운도 없고 삶에 의욕도 없어졌다.

산책을 나가 보았다. 상쾌한 바깥 공기를 쐬면 활력이 붙을 거라고 생각했다. 하지만 여전히 녹진하여 운신이 피로하다. 몸에 병이라도 생긴 건가 싶어 걱정이 되기 시작했다. 평소보다 이상한 게 있었는지 뭘 잘 못 먹은 것은 없는지 하나하나 떠올려 보니 세상에! 고기 먹은 지가 일주일이 넘고 있었다.

'아! 내가 요새 고기를 통 먹지 못해서 그런 거였구나!'
'일단! 어서 가서 먹자. 고기!'
지금 이 순간 그것보다 더 중한 일은 없다.
산책하던 발걸음을 멈추고 그길로 돌아서서 마트로 향했고, 현관문을 열고 들어가자마자 삼겹살을 혼자 푸지게 구워 먹었다. 살 것 같다.

나는 평소 채식주의자야말로 대단히 멋진 부류의 사람이라고 생각한다. 그러므로 나도 고상한 채식주의자가 되고 싶지만 이렇게 몸이 안 따라 주니 영 체면이 서질 않는다.

딸과 나는 고기를 먹을 때마다 이야기한다.
비록 우리가 어쩔 수 없이 육식을 하고 있지만 엄연하게 채식을 '지향'하는 매우 교양 머리 있는 사람들이라고 힘을 주어 말하면서 고기쌈을 입에 밀어 넣는다.
남편은 언행일치도 안 되는 그놈의 교양 머리가 무슨 소용이 있냐며 큰 고기쌈을 입에 밀어 넣는다.
아들은 말을 아껴 그 입으로 연신 고기쌈을 밀어 넣는다.

갱년기

●. 딸이라는 이름의 의사

하루에도 열두 번 변죽이 생기고, 누가 뭐라고 하면 우악스럽게 덤벼들고 싶어졌다. 비닐봉지를 뒤집어쓴 것처럼 숨 막힐 듯 갑갑해졌고 너무 우울해서 미칠 것 같으니 얼굴이 점점 죽상이 되어갔다.

토요일 아침. 부부 동반 모임이 있으니 어서 채비하라는 남편의 재촉을 들으면서도 계속 누워 있었다.

벌써 일주일째다. 내 몸뚱아리 일으켜 세운들 무슨 소용이 있나. 죽은 사람처럼 이렇게 자빠져있어도 달라질 게 없어 보였다.

남편은 혼자 모임에 갔다. 침대인지 병석인지 모를 곳에 누워 있다가 시계를 보니 벌써 오후 다섯 시 반을 가리키고 있었다. 내가 왜 이러는지 모르겠다. 엉엉 울고 싶었지만 한번 울기 시작하면 주체가 안 될 테니 그것만은 참아야 했다.

딸에게 전화를 걸어 본다.
딸의 목소리도 듣고 싶었고 현실 세계와의 접선도 필요했다.

친구들과 과제를 하고 점심을 먹는 중이라고 한다. 인사말을 남기고 전화를 끊어야 하지만 그런 체면이 안 나왔다.

저쪽에서 물었다.

"엄마 왜?"

그 소리가 "환자분 어디가 아프셔서 전화 주셨어요?"라는 문진으로 들렸고, 나는 선생님께 고하듯 말했다.

"요즘 모든 것이 귀찮고 움직이는 것도 싫어서 계속 누워만 지내고 있어. 벌써 며칠째야… 어떡하지?"

라고 말했더니,

"어? 엄마! 나랑 똑같이 지내고 있네! 어때 재밌지?"라고 말하며 까르르 웃고 있다. 역시 내 딸이다.

재치 있는 위로와 함께 그 웃음 한 번 경쾌하여 그 순간 나는 현실 세계로 돌아왔고 "훗~" 하고 웃음이 나왔다.

"엄마는 그동안 너무 열심히 살아왔으니까 그렇게 며칠 누워 있어도 괜찮아"라는 위로의 말도 빼먹지 않았다. 전화를 끊은 다음에도 이 녀석은 마음이 안 놓이는지 재미있는 영화나 드라마를 보면 어떻겠냐며 계속해서 문자와 링크를 보내왔다.

똑똑하고 기특한 녀석이다.

때론 의사가 해박한 지식으로 처방해 준 약보다 가까운 사람의 따뜻한 말 한마디가 내 몸을 돌보고 그들의 다정한 마음이 치유를 돕는다.

●. 아들이라는 이름의 의사

갱년기 증상으로 밤마다 가슴에 불덩이가 타오르듯 열이 났다가 한순간에 싸늘하게 식어버리기를 반복했다. 그럴 때마다 나는 이불을 꽁꽁 싸매고 있다가 별안간 발길질로 차 내버리기를 반복해 댔다. 그렇게 이긴 것도 진 것도 아닌 싸움을 밤새 치러 내느라 몸은 엿가락처럼 늘어져 갔고 마음도 지쳐가고 있었다.

공부하느라 바쁜 아들이 시간을 내주어 같이 영화를 보고 나왔다. 극장에서 나오니 밤공기가 제법 쌀쌀했다. 나는 옷깃을 여몄다.

"엄마! 저기 좀 봐"

아들이 기쁨 넘치는 목소리로 말했다. 아들이 가리킨 것은 달빛 아래 핀 목련이었다. 내가 영화를 보고 나서도 우울해 보여서 그랬는지 꽃소식이라도 전해 주고 싶었나 보다.

다른 때 같았으면 마녀에게 빼앗겼던 목소리를 방금 돌려받기라도 한 것처럼 호들갑 떨어대며 목련은 언제 봐도 어쩜 그리 예쁘냐며 수다를 떨었을 테지만 나는 목련을 휙 쳐다보고 난 후 다시 앞만 보고 걸었다.

그 후 며칠이 지났다. 새벽에 일어나 보니 화장대 위에 허연 것이 얹혀 있었다. 불을 켜고 보니 커다란 목련 송이였다.

잠이 확 깬다.

길가에 지천으로 핀 쪼그마한 꽃 한 송이를 따려고 해도 "에 헤! 안 돼 엄마!"라며 내 손을 잡아끌던 녀석인데, 보기에도 아까운 목련꽃을 제 손으로 꺾어 왔나 보다.

아침에 일어나 밥을 먹고 학교 갈 준비를 하면서도 아들은 목
련꽃 이야기는 한마디도 안 했다. 나 역시 그 고운 걸 어떻게 꺾
어 왔냐고 묻지 않았다.

나는 수반에 띄워놓은 목련을 보며 조용히 앉아 시를 한 편
적어 두었다.

목련

둥실둥실 살이 오른 녀석을 업고
달빛 아래 목련을 한참이나
올려다보고 있으려니
"엄만 저 꽃이 그렇게 좋아?" 라고 묻는다.
아직 어려서 알아들을지 모르는 녀석에게
"저 꽃 이름이 목련꽃이야."라고 이야기해 줬다.

이십 년 세월이 흘렀다.
봄은 변함없는 모습으로 꽃을 피웠고
달빛 아래 목련은 여전히 시리도록 아름다운데
등에 업혀 있던 녀석은 내 키를 훌쩍 넘겼고
나는 어느덧 중년이 되어 있었다.

툭! 하고 꺾여진 목련이건만
여전히 고고하고 여여하다.
이 고운 것을 어찌 꺾었냐는
채근은 하지도 못했다.
그날은 버석한 내 마음으로
목련이 피었다.

딸 아이의 교복

"우리 딸, 혹시 비혼주의자인가?"

아무리 딸이라지만 나름의 세계관이 있을 것이므로 조용히 물었다. 다행히 아니라고는 했지만, 마음에 쏘~옥 드는 남자가 없으면 굳이 결혼할 생각은 없다고 잘라 말했다.

'마음에 쏘~옥 드는'이라는 말이 몹시도 걸리지만 결혼할 생각이 아예 없는 것은 아니니 그저 고맙다.

내 옷장 안쪽에는 교복이 한 벌 걸려 있다.

딸아이가 중학교 때 입었던 교복이다.

처음 저 교복을 입혀 놓으니 언제 이렇게 커서 중학생이 되었나 하는 생각에 대견하기도 하고 교복을 입은 그 모습이 어쩜 그리 예쁘고 사랑스럽던지 자꾸만 눈이 갔다.

나중에 우리 딸이 시집갈 때 저 옷을 곱게 손질하여 보내주고 싶다.

딸아이의 교복은 사위에게 전하는 처가의 부탁이다.

이 교복의 주인은 부모로부터 무한한 사랑을 받고 자란 주인 공이며, 까만 눈을 굴리며 상상의 나래를 펼치던 작고 어린 소 녀였으니 혹여 다툴 일이 있어도 부디 자애로운 마음으로 어여 삐 여겨달라는 부탁이자 아부의 부적이다.

딸아이에게는 네가 아무리 컸다 하더라도 엄마 아빠에게는 눈에 넣어도 아프지 않을 소중하고 귀한 내 새끼이니 어디 가서 도 늘 당당하고 행복하기만을 바라는 사랑의 부적이 되어줄 것 이다.

이렇듯 부적까지 잘 마련되어 있으니 부디 우리 딸이 마음에 쏙 드는 남자와 결혼을 했으면 좋겠다.

엄마들에게
속옷이란

●. 큰어머님의 속옷

어느 해 여름. 큰 어머님께서 갑작스레 병원에 가셨다길래 급한 걸음으로 찾아가 뵈었다. 병실에 당도한 우리를 구세주 맞듯이 반겨 맞으시더니, 애비에게는 잠깐 나가 있으라고 하셨다. 무슨 일인가 싶어 하는 나에게 조금 미안해하시더니,

"질부야 니 내 속옷 좀 하나 사다 도고" 하셨다.

눈치가 빠른 나는 더 묻지 않고 얼른 다녀오겠다고 말씀드리고 속옷 집을 찾아 면사로 된 품이 넉넉한 것을 사다 드렸다.

●. 엄마의 속옷

올해로 팔순을 맞으신 친정엄마는 지금에 와서야 옷도 일류로 입으시고 비싼 걸 좋아하신다. 하지만 예전에 자식들 키울 적에는 속옷 허리에 매달렸던 고무줄이 맥도 못 추고 끊길 때까지 입으셨고 그때마다 옷핀에 검정 고무줄을 매달아 굴뚝을 쑤시듯 밀어 넣으셨다. 낡고 오래되어 늘어날 대로 늘어난 엄마의

속옷이 빨랫줄에 걸리는 날에는 낡은 태극기처럼 팔랑거렸다.

●. 나란 여자의 속옷

빨래를 개켜주던 딸아이가 내게 물었다.

"저기. 이지영 씨, 도대체 이건 뭔가요? 용도를 여쭤봐도 될까요?"

품이 널널하고 트레디셔널한 걸 보니 내가 아끼는 것이다.

"글쎄, 속옷의 용도야 보호도 되고 보온도 되는 뭐 그런 거 아니겠어?"라고 하자 까르르 웃어 재끼더니,

"엄마, 미안하지만 이건 보호도 안 되고 보온도 안 될 것 같은데?"

지금 딸아이 손에 들려있는 것은 입었을 때 착용감을 전혀 느끼지 못하는 것이라서 유난히 내가 아끼는 에디션이다.

딸은 아직 어려서 모른다. 일명 빤. 쓰. 라고 불리는 엄마들의 속옷은 자유를 상징하는 옷이란다. 그러므로 입었을 때 거리낌 없이 후덜덜해야 한다.

그래야 '진퉁'이란다.

붙잡을 수 없는
이별

보기도 아까운 내 새끼가 신병 휴가를 나왔다.

수만 개의 태양을 모아 놓은 듯 밝게 빛나던 얼굴빛이 하루가 지날수록 어두워져 가고 있었고 집에 오자마자 진저리치듯 벗어 놓은 푸른 군복에서도 시간이 자꾸만 떨어져 내리고 있었다.

달력 위에 얹힌 날짜라는 숫자가 악마처럼 느껴졌고, 결국 오늘이 휴가를 끝내고 강원도 부대로 들어가는 날이다.

고개를 푹 숙인 채 시간이 남아 있을 리 없는 푸른 군복을 집어 들고 차곡차곡 쌓듯이 제 몸에 다시 걸치고 있었다. 부대에서 불호령이라도 맞을까 걱정이 된 나는 하나라도 빠트리지 않고 잘 챙겼는지 몇 번을 물으며 닦달을 해댔다. 엄마라고 해봐야 이럴 땐 해줄 수 있는 게 아무것도 없으니 그저 할 줄 아는 싫은 소리만 앓듯이 하고 있다.

아들을 태우고 터미널로 가다가 중간에 차를 세우고 급히 카페로 들어가 빙수를 시켰다. 이 길로 들어가면 제아무리 먹고 싶다고 해도 입에 넣을 수 없을 테니 단 한 가지라도 더 먹여 보내고 싶었다. 녀석도 이걸 언제 또 먹겠냐는 마음으로 퍼먹고 있어서 그런지 맛있게 먹고 있으면서도 그 모습이 너무 서글퍼 보였다.

우리가 가진 몇 푼 안 되는 시간은 아이스크림보다 훨씬 더 빨리 녹고 있었다.

다시 차를 타고 가는 내내 아들은 입을 다문 채 음악을 크게 틀어 놓았다. 블루투스로 들리는 아들의 플레이리스트가 제법 마음을 울렸다.

이 녀석은 이런 감성적인 노래를 좋아하는구나!

몇 곡 듣지도 않은 것 같은데 벌써 터미널에 도착해버렸다. 버스에 올라탄 녀석은 활짝 웃으며 내 쪽을 향해 씩씩하게 손을 흔들어 보였고 젊은 군인을 태운 버스는 야속하게 떠나버렸다.

어린 송아지를 장에 팔러 갈 때 어미소를 앞세워 몰고 나간다고 했다. 그렇게 어미소를 뒤따라 나간 송아지는 다른 주인의 손에 들려 가고 어미소만 주인을 따라 다시 집으로 돌아온다. 새끼를 떼어 놓고 온 그날 저녁 어미소는 밥도 먹지 않고 밤이 새도록 우는 소리를 냈다고 했다.

둘이 걸어왔던 길을 따라 주차장으로 갔다.

시동을 켰다.

부릉하고 시동이 걸리자마자 고막을 덮칠 듯 엄청난 굉음이 뚫고 들어왔다. 조금 전까지 아들의 휴대폰에서 나오는 감미로운 노래를 전송하던 스피커에서 나오는 소리였다.

"신호를 찾을 수 없습니다"

"지지직…"

그제서야 참았던 눈물이 쏟아졌다.

아들의 신호를 잡기 위해 미친 듯이 지직대는 울부짖음을 차마 끌 수가 없었다. 멀리 떠나고 있는 아들과 집으로 돌아가는 나를 이어주려고 하는 몸부림이었기에…. 집에 오는 내내 그 굉음은 내 가슴속을 파고들었다.

온천지가 아름답던 초여름이었다.

어머님의 삼배

어릴 적 우리 동네 입구에는 아담한 교회가 있었다.

늦은밤 귀갓길에 교회가 눈앞에 나타나면 그제야 집에 다 왔구나 하는 안도감이 들었다.

십자가가 달린 뾰족지붕의 교회는 우리에게 그런 안전지대였고 특별할게 없는 시골마을에서 다소간의 축제가 벌어지는 장소였기에 우리 자매들은 교회에 다녔다.

엄마는 자식들 잘되라고 사월 초파일마다 절에 가서 빌었고 장독대 위에 정안수를 떠 놓고 빌기도 하셨다. 그런 기도를 받고 자란 우리는 성탄절마다 교회에 나가 사탕을 받아먹었다. 그렇게 우리집은 불자와 교회 신자가 평화롭게 공존하는 곳이었다. 엄마도 우리들도 서로 신앙심이 깊지 않았으므로 가능한 일이었다.

그런 내가 시집을 와보니 어머님께서는 신심이 깊은 불자셨다. 어느 해 사월 초파일 어머님을 따라 절에 갔었다.

불상을 그렇게 가까이 보기는 처음이었다. 찢어질 대로 찢어진 눈과 입꼬리가 얄미울 정도로 올라간 미소며 아무리 보아도 인자한 예수님 얼굴과는 딴판이었다. 야릇한 색감으로 휘황찬란하게 그려진 탱화는 너무 무서워서 눈을 뜨고 볼 수가 없었다. 법당 앞에서 안을 들여다보며 주춤하는 나를 보시더니 "닌 무서우면 안 들와도 된 데이."하시며 으스스한 법당으로 들어가셨다. 우리 집에 시집을 왔으니 너도 이제 부처님께 공양을 올리라고 하실만도 한데 무서우면 안 들어와도 된다고 하시니 그 말씀이 얼마나 자애로운지….

그런 어머님의 따뜻한 말씀이 날 선 경계를 풀어주었다.

나는 조금 멀찍이 나와 절 마당 중간에 서서 대웅전 부처님 전에 절을 하시는 어머님의 뒷모습을 바라보고 서 있었다. 어머님의 삼배는 너무도 지극하였으며 정성스럽다 못해 눈물겨울 지경이었다.

농사일로 거칠어져 있을 손을 공손하게 합장하여 지극하고도 눈물겹도록 몸을 내려 부처님 전에 절을 드렸다. 그 모습을 멀리서 뵙는 것만으로도 내 안의 묵은 죄가 달아나고 그 자리에 청정심이 채워진 것 같았다.

그날 본 어머님의 삼배는 더없이 아름답고 귀한 진언이었으며 그렇게 지극할 수 있었던 것은 분명 자식을 위한 기도였으리라.

그때의 나는
무엇이 그리도 간절했을까?

돌이 지난 둘째를 업고 속리산으로 가는 버스를 탔다. 지금 생각해 보면 아기에게도 아기 엄마에게도 버스를 타고 가기에는 꽤나 먼 길이다.

터미널에서 내려 아이를 업고 법주사까지 걸어갔다. 둘째씩이나 키우고 있는 엄마였지만 아직도 아기 업는 게 서투른 나는 아기가 줄줄 흘러내리는 바람에 여러 번 멈춰 서서 포대기를 다시 묶으며 가야 했다. 한여름은 아니었던 것 같은데 자꾸 미끄러지는 아기를 놓치지 않기 위해 아예 꼬부랑 할머니처럼 허리를 바짝 접고서 걸으려니 땀도 나고 힘에 부쳤다. 그래도 어느 정도 걸어올라 절 입구에 다다르니 거기서부터는 나무 그늘이 있어서 더위는 면했고 제법 걸을 만했다.

가장 먼저 대웅전으로 가 부처님 전에 삼배를 올렸고, 어떻게 인연이 닿아서 그랬는지 모르겠지만 원주스님께서 차 한 잔을 대접해 주셨다. 창호지를 바른 창으로 따뜻한 햇살이 들어와 있었고 예쁜 수가 놓인 다기보와 귀여운 다기 잔들이 가지런히 놓여 반짝이고 있었다. 아주 정갈한 방이었고 방주인도 정갈한 인품이셨다.

나는 항상 속리산에 가면 시집가기 전에 작은 언니가 나를 데리고 왔던 기억이 난다. 그때는 계곡을 지나 문장대까지 올라갔었다. 내가 좋아하는 작은 언니랑 같이 온 곳이기에 속리산은 남다르게 포근한 곳이다. 그러니 특별한 것을 하지 않아도 그곳에서 마음이 채워졌으리라.

어느 정도 시간이 흘렀을 것이고 나는 다시 버스를 타기 위해 절 밖으로 향하는 문 쪽으로 걷고 있었다. 몹시도 어설프게 아기를 업고 가는 게 멀리서도 금방 눈에 띄었던지 아까 뵈었던 원주 스님께서 지금 가시는 거냐고 물으시면서 절 마당을 가로질러 내 쪽으로 오셨다.

아기를 업고 가기에는 먼 길이라고 하시면서 조금만 기다리라고 하셨다. 스님은 우리 모자를 버스터미널까지 태워다 주셨다. 감사 인사를 드리고 버스표를 끊으러 터미널로 들어갔다.

표를 끊고 돌아서니 가신 줄 알았던 스님께서 터미널 매점 쪽에서 나오시더니 네모난 파이 상자를 건네시면서 가는 동안 드시라고 했다. 그 네모난 파이 상자에는 '情'이라고 쓰여있었다. 버스는 끝도 없이 구불구불한 산길을 돌고 있었다.

그 후 언제인가 법주사에 다시 갔을 때 스님을 찾으니 오래전에 공부하시러 떠났다고 했다.

벌써 이십 년 전의 일이다.
아무리 떠올려 보려고 해도 생각이 나지 않는다.
그때 나는 뭐가 그리도 간절했기에 어린 아기를 업고 그 먼 길을 갔을까?

그 하루의
따뜻한 징검다리를 건너며

　그림을 그릴 줄 알았다면 스케치 여행이 되었겠고, 작가였다면 글을 쓰며 사색의 길을 걸었겠지만, 아무것도 할 줄도 모르던 마흔셋의 나는 걷고 또 걸었다. 그렇게 걷다 보면 그 길 끝에서 내 안에 있는 무언가를 발견할 수 있을 것 같았고, 그것이 무엇인지 알고 싶어서였다.

　짐을 간소하게 꾸려 방콕에서 한 시간가량 떨어진 모칫터미널로 갔다. 그곳에서 버스를 타고 치앙라이로 가기 위해서다.
　치앙라이로 가는 버스는 저녁 7시에 출발이다. 가난한 여행자는 근처 시장에서 싸구려 음식으로 배를 채우고 버스에 올랐다. 지금 출발하면 내일 아침 7시에나 도착한다고 하니 열두 시간을 어떻게 가나 싶었지만 비싼 비행기를 타지 않고 이렇게라도 갈 수 있으니 그저 고맙다.

　밤새 달리는 버스가 약간은 낭만적이겠다는 생각을 했었는데 그게 얼마나 어리석은 것이었는지 금방 깨닫게 되었다.

해가 지고 나자 풍경이랄 것도 없었다. 밖은 그저 어둡고 칙칙했다.

버스는 그렇게 까만 밤을 달렸고 나는 까만 밤보다 더욱더 깊은 피로감을 밤새 버텨야 했다. 뭐가 뭔지도 모를 몽롱하고 피곤한 시간이 계속되고 나서야 차창 밖으로 겨우 아침 해가 떠올랐다. 이제 곧 도착할 테니 살았구나 싶었다.

치앙라이 터미널에 도착했다. 터미널 풍경이 늘 그렇듯이 지치고 피곤해 뵈는 사람들과 설레는 발걸음으로 급히 걷는 사람들이 씨실과 날실처럼 교차되어 있었다. 나는 생수 한 병을 사서 가방에 쟁여 넣은 다음 그때부터 정처 없이 걷는 도보 여행자가 되었다.

메콩강 변 골든트라이앵글도 둘러보았고, 어느 날은 별이 반짝이는 밤하늘 아래 수많은 사람이 강가에 모여 하늘로 풍등을 날리는 것을 구경하기도 했다.

그들은 하늘로 풍등을 날리기도 했고, 강물에 크라통이라고 하는 손바닥만 한 배에 등을 띄워 보내면서 자신들만의 소원을 빌고 있었다.

가난한 여행자에게 풍등값은 언감생심이었으므로 다른 이의 소망을 담고 하늘로 날아가는 가장 크고 아름다운 풍등을 향해 소원을 빌어 넣었다.

내 소원까지 보태진 등은 높이 높이 하늘로 아름다운 빛을 밝히며 떠 올라갔다. 나중에는 등빛인지 별빛인지 모르도록 멀어져 갔다.

길 위에서 많은 여행자와 마주쳤지만 대부분 서너 명씩 모여 가거나 다정해 보이는 연인끼리 걷고 있었다.

나만 혼자였다.

그런데 문제는 그게 아니다. 돈이 문제였다.

식사는 비스킷과 우유를 사 먹으며 버틸 수 있었다. 하지만 아무리 저렴한 태국 물가라고는 하지만 숙박비를 지급할 때마다 비명이 절로 났다.

저녁이 다가오니 또 잠잘 곳이 걱정이었다.

알아보니 '○○빌리지'라는 게스트하우스가 저렴한 금액으로 올려져 있었다. 이쪽으로 가면 된다고 하여 마을도 없이 길게 이어진 길을 한 시간 넘게 걷고 있었다.

분명히 알려준 대로 가고 있는데 마을이 나올 기미가 없다. 계속 길뿐인데 어쩌지 다시 돌아 깔까? 그렇지만 돌아가려 해도 한 시간은 더 걸어야 하니 그 역시 만만치 않았다.

그렇게 불안해하며 걷다가 구부러진 길을 돌아서니 드디어 마을이 나타났다. 조용하고 한가로운 시골 마을이었고 게스트하우스처럼 보이는 건물은 없었다.

동네로 들어가 보니 낮은 울타리 넘어 젊은 부부가 보였다.

"싸 와 디 카~"가볍게 인사를 건네고 나서 'OO빌리지'가 어디냐고 물으니 그 부부는 눈을 반짝이며 고개를 끄덕였다.

게스트하우스라는 말을 써가며 다시 묻고 잠자는 시늉까지 하면서 다시 묻기를 되풀이했지만, 고개를 연신 끄덕이며 'OO 빌리지'라고 말했다.

어쩔 수 없다. 해도 지고 있으니 본론으로 들어가 보자.

"능(태국말로 숫자 1)~" 하고 발음한 뒤에 양손을 고이 모은 다음 오른쪽 귓불 옆에 갔다 대며 코 자는 시늉을 하니 젊은 부부는 웃으면서 끄덕끄덕한다.

하룻밤 잘 수 있냐는 말을 금방도 알아들어 주어서 고마웠다.

"타올라이카?(얼마예요)"라고 묻자 "마이뺀라이(괜찮아요)"라고 웃으며 말한다. 일반 가정집인 게 분명하였고 그냥 재워준다고 하니 하루 숙박비가 굳었다. 생각만 해도 오장육부가 춤추며 나대고 있었다.

그들이 안내하는 2층으로 따라 올라가 보니 단단하게 지어진 1층과는 달리 대나무로 엮어 올려져 있었다. 어설픈 공간이었지만 짐을 풀고 누워보니 편안하고 좋았다.

여기 오기까지 너무 더웠고, 너무 피곤했고, 며칠째 식사다운 식사를 못 했기에 눅진해진 몸을 누이고 오래도록 그렇게 누워있었다.

젊은 아내는 저녁을 먹자며 나를 부르러 2층으로 올라왔다.

내려가 보니 언제 들어왔는지 아까는 보이지 않던 조그마한 남자아이 하나와 예쁘장한 여자아이 하나가 까만 눈을 깜빡이며 젊은 부부와 함께 밥상 앞에 앉아 있었다.

아주 소박한 시골 밥상이었지만 낯선 여행자를 위해 신경 썼을 것을 생각하니 너무도 정겨웠고 고마웠다.

"컵쿤카~" 두손을 모아 감사 인사를 하고 수저를 들려고 하니 젊은 아내는 갑자기 뭔가 생각이 난 듯 부엌 쪽으로 빠르게 뛰어갔다 와서 내 앞에 뜯지 않은 생수병 하나를 놓아 주며 활짝 웃고 있었다. (태국 물은 석회 성분 때문에 음용 시 배탈이나 설사를 유발하기에 나처럼 제아무리 가난한 여행자라고 해도 생수를 사서 마셔야 했고 나도 그 원칙만은 지키고 있었다.)

그러나 젊은 부부와 아이들의 앞에는 태국의 땅이 내어준 날것 그대로의 물이 담겨 있었다.

낯선 여행자는 잠시 생각에 잠겼다.

같은 상에서 다른 물을 마신다는 게 너무 미안했고, 그냥 받아 마시기에는 그 마음이 너무 예뻐서 차마 그럴 수도 없었다.

생각을 마친 여행자는 생수병을 젊은 아내에게 바치고 "마이 뺀라이(괜찮아요)"라고 말하면서 배탈이나 설사 때문에 어떤 봉변을 당할지 모르겠지만 젊은 아내 쪽에 놓여 있던 물그릇을 가져다가 마시고 나서 활짝 웃어 보였다. 그들도 따라 웃었다.

여행자와 그 가족에겐 언어가 필요하지 않았다. 우리는 많은 이야기를 나누었고 계속 웃으며 밥을 먹었다. 나도 행복했고 그들도 행복해 보였다.

다음 날 아침 짐을 꾸려 1층으로 내려오니 벌써 젊은 아내는 밥을 짓고 있었다. 고맙다는 말과 더불어 숙박비를 지불하고 싶다는 뜻을 다시 한번 밝혀 보았지만 같은 대답뿐이다.

조금이라도 감사를 전하고 싶었고, 그래야 했지만 가난하고 못난 여행자는 짐짓 못 이기는 척하며 아무런 비용도 지급하지 않고 돌아섰다. 다만, 조금의 염치라도 차리고 싶어 아침을 먹고 가라는 젊은 부부의 권유를 한사코 뒤로하고 감사의 인사를 몇 번씩이나 나누고 헤어졌다.

아무런 사례도 하지 않은 채 그리 못난 걸음으로 헤어졌던 그 일이 너무 미안하고 면목 없어 지금까지도 목에 걸리고, 마음에 걸린다.

인생의 내(川)를 건너기 위해서는 하루하루의 징검다리를 밟아야 하는 우리. 그 여름 젊은 부부가 놓아준 징검다리는 내 일생 중 가장 따뜻한 징검다리였을지도 모른다.

나는 이어져 있는 길을 따라 또 그렇게 걸었다. 그 길 위에서 많은 사람들과 정겨운 인사를 나누었다.

트럭을 타고 가는 인부들과 함께 짐칸에 나란히 앉아 시원한 바람을 가르며 가기도 했다. 도이퉁 국립공원을 올랐다가 혼자 내려오고 있을때는 이곳 국립공원에서 근무하는 직원이라고 밝힌 예쁜 아가씨가 산 아래까지 데려다 주었다. 우리는 짧은 사이 친구가 되었고 차를 한 잔 마시고 나서 헤어졌다.

길을 걸으며 피곤하고 졸릴 때는 농사일을 하고 있는 농부에게 손짓 발짓으로 부탁해 원두막에서 낮잠을 자면서 가기도 했다. 그들은 언제나 웃어주었다.

무지막지한 일주일간의 도보여행을 끝내고 방콕으로 가는 버스에 올라탔다. 올 때와는 달리 내 가슴은 따뜻함으로 채워져 있었다. 그것은 모든 것을 키워낼 수 있는 봄 햇살 같은 것이었다. 그러므로 스러져버릴 것 같은 내 삶을 다시 꾸려나갈 용기가 생겼다.

방콕에서 싸구려 음식으로 배를 채우고 이곳으로 오기 위해 버스에 앉아 있을 때에도 이미 내 가슴은 따뜻함으로 가득 채워져 있었으리라.

다만, 여행을 통해서야 비로소 깨닫게 된 것이다.

별것 아닌 일상이
여름 볕에 반짝인다

아기 바람의
대관식

나의 유년은 빛나고 화려한 것과는 거리가 멀었다.
내 것이라고 해봐야 언니 오빠에게 물려받은 것이니
더욱 변변한 게 없었다.
밖에 내놓아도 누구 하나 거들떠보지 않을
낡고 어수룩한 것들뿐이다.

그러나 이런 내게도 눈부신 기억이 하나 있다.
보기에도 아까운 노란 왕관이 바로 그것이다.
작고 노란 왕관.
황금물결 일렁이는 금물을 퍼담아 만든
노란 왕관.
온종일 보고 있어도 싫증 나지 않는
귀여운 보석.

어쩜 이렇게 예쁠까.
어쩜 이리 고울까.

어쩜 이리 앙증맞을까.
평소 느끼지 못했던 예쁜 감정이
옹달샘처럼 퐁퐁 솟아올랐으며
그렇게 아름다운 것을 보는 것만으로도
내 유년의 초라함이 벗겨져 나갔다.

머리에도 써보고 싶고
옷에도 매달아 보고 싶지만 되질 않는다.
그렇게 예쁜 것으로 아무것도 할 수 없는 게
얼마나 애가 닳았는지 모른다.

너울너울 아기 바람이 내려보낸
감꽃을 손에 쥐고
나는 그렇게 애를 태웠다.

아기바람은
왕관이 마음에 들지 않는 것인지
이렇게 예쁜 것을
쓸 생각은 안 하고
자꾸만 땅으로 내려보낸다.

노란 왕관이 땅에 촘촘히 박힐 때까지
아기바람의 투정은 계속되었고
결국 대관식을 치르지 못한 채
계절이 바뀌었다.

발가벗은 사과

그날 그 말은 하지 말았어야 했다.

그녀는 내게 "어떻게 그런 말을 할 수가 있냐."라며 따져왔던 것 같다. 말이 좀 심하게 나갔구나 싶긴 했으나 다시 주워 담을 수 없는 노릇이기에 사과는 하지 않았다.

세월이 흘러 직장이 바뀐 우리였지만 그 이후로도 가끔은 일 때문에 만나게 되었다. 그녀는 나를 여전히 언니라고 불렀고 나도 그를 동생처럼 대했다. 하지만 그녀를 볼 때마다 내가 했던 그 험한 말이 머리에 쟁쟁거렸다. 아마 그녀도 그럴 거라고 생각되어 늘 미안하고 부끄러운 마음에 시달려야 했다.

아주 오랜 세월이 흐르고 서로 연락도 끊긴 채 어느덧 중년이 된 나는 어느 날 목욕탕에서 그녀를 마주 보게 되었다. 마음에 빚을 지고 있는 내게는 아주 얄궂은 재회였다. 우리는 인사를 나누며 반가워했고 그동안의 안부를 물었다.

목욕을 마친 나는 탕을 나오기 전 이제야말로 묵은 빚을 청산할 절호의 기회라는 생각이 들었다. 다만 아쉬운 점이라면 내가 지금 발가벗고 있다는 것뿐이었다. 정말이지 뭐라도 가릴 것이 있다면 얼마나 좋을까 하는 생각이 여러 번 들었다. 그러나 지금이 아니라면 언제 다시 그녀를 보게 될지 모르는 일이니 가릴 것이나 찾고 있을 때가 아니었다.

그녀가 앉아 있는 쪽으로 갔다. 자세히 보니 그 얼굴에도 세월의 흔적이 배어 들어있었다. 나의 사과 또한 그만큼 오래 묵은 것이었다.

"언니 지금 가려고요?"

인사를 하는 그녀의 눈을 보며 천천히 말했다.

"나 그때 그 말 사과하고 싶어. 정말 미안해. 진즉 하고 싶었는데 이제야 하게 됐네."라고 내 쪽에서 말을 건네자 그녀는 진심으로 웃어 보이며 "아냐 언니, 나는 그거 다 잊어버린 지 오래야."라고 말했다.

다 잊어버렸다고 하면서도 금방 알아듣는 그녀가 너무 안쓰러웠고 그만큼 더 미안했다.

나는 그녀를 진심으로 꼭 안아주고 싶었으나 내 몸 처지가 그럴 수 없어서 대신 그녀의 어깨를 가볍게 끌어안고 토닥여 주고 나서 탕을 나왔다.

내 일생 중 가장 발가벗겨진 사과였고,
가장 진심 어린 사과였다.

소소하고
확실한 행복

가끔은 대청소를 하며 묵은 때를 털어내야 하듯
내 안에 켜켜이 쌓인 먼지도 털어내야 했다.
나는 먼지를 탈탈 털어내듯 낡고 칙칙한 습관들을 새로운 것
으로 바꿔보았다.

가장 먼저 식사습관부터 바꾸었다.
나는 언제라도 식구들이 남긴 밥을 쓸어 먹고 나서야 식탁에
서 일어났는데 그런 무식한 짓을 그만두었다.

오수의 유혹을 물리치고 작업할 것을 챙겨 커피숍을 찾았다.
그사이 번쩍번쩍하고 으리으리한 커피숍이 새로 생겼다. 커피
한 잔 가격이 얼마나 할지 안 봐도 짐작이 가는 바였다. 평소 같
으면 이런 곳은 특별한 날에나 와봐야겠다고 생각하며 발길을
돌렸겠지만 '오늘이 바로 그 특별한 날!'이라고 외치며 당차게 들
어갔다.
멋진 공간에 들어서니 내 몸에 실크 드레스라도 걸친 듯 제법

우아한 걸음이 나왔다.

이 정도 비용으로 평소에 없던 우아함이 발산되고 있으니 그저 기쁘다.

아파트에 장이 섰다. 햇양파가 한 단에 4천 원이란다. "줄기는 자르고 드릴까요?" 며칠 만에 능글맞아진 나는 "그걸로도 뭘 해 먹을 수 있나요?"라고 물으니 데쳐서 무쳐 먹을 수 있다고 했다. 집으로 돌아와 데친 양파 줄기에 고춧가루와 약간의 고추장으로 초벌 옷을 입혀 조물거린 후 올리고당으로 짠맛을 잡고 마무리로 통깨와 참기름을 챠르르 뿌려 놓았더니 보기도 좋고 맛도 아주 근사했다.

댕강 잘려나갈 팔자였던 양파줄기가 나의 새로운 도전으로 입맛 도는 반찬으로 신분이 상승되었다. 그날 저녁 안주인이 아끼는 접시에 올라앉아 식구들의 젓가락을 유혹하느라 요염을 떨어대고 있는 양파줄기를 보고 있자니 전모를 낱낱이 아는 나로서는 실소를 금할 수 없었다.

이렇듯 낡은 습관과 생각을 집어 던지고 세포 하나하나에 새로운 명령체계를 보내기 시작하니 하루가 그냥 지나가는 것이 아니라 내가 하루하루를 성취하고 있는 느낌이었다.

게다가 아무것도 아닌 일상이 점점 근사해져 가고 있었으며 주워 담지 못할 정도로 행복이 우르르 쏟아지고 있었다.

요즘 나에게
잘 먹히는 말

제법 근사해 보이는 숍이 눈에 들어왔다.
옷이며 소품을 걸어 놓은 솜씨가 예사롭지 않았다.
들어갈까 말까 망설였다.
"집에 옷이 없냐?"
"신발이 없냐?"
하면서도 일단 들어가 보았다.

아주 예쁜 구두가 눈에 들어왔다.
'헛짓하게 될지도 모르니 절대 신어 보지 말아야 한다.'하면서
도 나는 구두에 발을 밀어 넣고 있었다.

꽤나 교양 있고 나이도 있어 뵈는 주인이 내게 말했다.
이렇게 예쁜 구두는 더 나이 먹으면 못 신는다고.
지금 아니면 언제 신겠냐고.
한 살이라도 젊을 때 실컷 신으라고.

거부할 수 없는 명언이었으므로
나는 구두를 사 들고 나왔다.

겁쟁이

"아~ 해보세요."

(나도 이제 겁쟁이로 사는 것은 지긋지긋하고 진절머리가 났으므로 비장한 각오로 입을 벌렸다.)

윙~하는 소리와 함께 기분 나쁜 기계 소리가 끝도 없이 들렸다. 금속성의 기계는 뼈 마디마디를 긁고 다녔고 가끔은 머리통까지 휘젓고 다녔다. 이 정도면 내가 겁쟁이라서 그런 게 아니라 누구라도 참기 어려운 고통일 것이다.

'슨생님! 도대체 사람을 살릴 셈인지요? 죽일 셈인지요???'

그러나 입은 벌려 재껴져 있고 혓바닥은 그 위에서 벌어지는 엄청난 사건을 수습하지도 못한 채 꼼짝을 못 하고 얼어 있었다. 이 타이밍에 말이란 걸 해 봤자 그건 언어가 아니라 짐승의 소리가 날 게 분명했다. 겁쟁이도 징글징글한데 짐승 소리까지 낼 수는 없다. 그냥 참는 수밖에….

내가 정신줄을 놓을 때쯤 귀를 파먹고 있던 금속성의 소음들이 멈추었다. 얼이 빠져 있는 나에게 의사 선생님께서 한마디 해주셨다.

"다 끝났어요. 참~ 잘 참으시네요"

　내 생전 이런 칭찬은 처음이다. 이 정도 칭찬이라면 올림픽 금메달도 부럽지 않다. 나로 말할 것 같으면, 감기에 걸려도 주사 맞는 게 싫어서 다 죽을 때쯤이나 병원 문턱을 넘는다.
　늘 그렇듯이 진료 마친 전공의는,
"주사 한 대 맞고 가세요."
　주사기 들고 있는 간호사 양반에게,
"저 죄송하지만 제 엉덩이 좀 세게 때리고 놔 주세요. 제가 주삿바늘을 무서워해서요."
　(오해의 소지가 있으니 후렴구는 반드시 이야기해야 한다)

　시댁에 처음으로 인사드리러 간 날 어두컴컴한 재래식 화장실에서 용변을 보는데 어디선가 "야~옹~" 하는 고양이 소리가 들렸다. 그 소리에 새색시가 혼비백산하여 옷도 제대로 꿰지도 못한 채로 마당 한복판까지 달려갔고, 어머님은 내 꼴을 보시고 폭소를 터뜨리셨다.
　그리고 해마다 겨울이면 독감 예방주사 맞으라는 어머님께

"싫어요. 어머님! 저는 주사 안 맞을래요."라고 똑같은 말대답을 20년 넘게 해오고 있는 나란 말이다. 이렇듯 겁쟁이 계의 살아 있는 전설이라고 불려도 전혀 손색이 없을 나에게 잘 참는다니 감개가 무량했다.

나는 적어도 그 병원에 갈 때만큼은 칭찬에 걸맞게 행동하려고 노력하게 되었다. 그러다 보니 정말 신기하게도 실제로도 잘 참는 사람이 되어가고 있었다.

효명세자의
춘앵전

"해영아, 나랑 춤이나 추러 다닐래?"
"뭐? 너 또 무슨 뚱단지 같은 소리야?"

결국 뚱단지는 친구를 설득시켰고 한국적인 아름다움에 매료
되어 나무토막이나 다를 것 없는 몸뚱아리를 이끌고 친구와 함
께 1년 동안 한국 무용을 배우러 다녔다.

우리는 하얀 버선발을 내딛는 것부터 배웠다.

폐부를 찌르듯이 한 방에 혹하고 들어와 버리는 우리 가락에
맞추어 선생님의 춤사위를 따라 했다.

형형색색의 한복 치마를 입은 회원들이 가락에 맞추어 춤사
위를 크게 하거나 빙글빙글 연풍대를 돌 때마다 살짝살짝 보이
는 하얀 버선발과 풍성한 항아리처럼 부풀어 오르는 치마폭, 그
리고 너울너울 춤추듯 일렁거리는 치맛단 유희는 현기증이 날
정도로 아름다웠다.

어느 날 선생님으로부터 공연 초대를 받았다. 효명세자가 그

어머니를 위해 마련했다고 하는 '춘앵전'이었다.

선생님은 꾀꼬리를 상징하는 아름답고 화려한 노란 앵삼을 입고, 화관을 곱게 쓰고 양손에 오색 한삼을 낀 채 화문석 위에서 극도로 정제된 모습으로 춘앵전 춤사위를 펼치셨다.

한 동작 한 동작을 영겁의 시간처럼 천천히 풀어놓았다. 절제된 동작이 조금씩 풀려 나오고 있었지만, 그것은 봉인 해제가 아니라 궁극의 자유로움이었다. 그것만으로도 넋을 놓고 보고 있는데 어느 순간 오색 한삼을 낀 손을 가지런히 올려 입을 수줍게 가리더니 맑고 청아한 소리로 한시를 읊조리고 있었다.

세상에! 아름답기도 하지!

숨 막힐 듯한 절제미가 너무나 아름다웠고 맛과 멋이 어루러져 있었다.

앞으로 살 날이 어지간히 남긴 하였지만 이렇게 정제된 아름다움을 볼 기회는 많지 않을 듯하다.

우리 것이니 많이 추고, 많이 보고, 많이 즐겼으면 좋겠다.

어느 여름날의
하소연

보도블록 사이로
조그만 얼굴을 내민 민들레가 대견스러워
발걸음을 멈추고 내려다보고 있으려니
무심한 내 발밑으로
이렇게나 많은 개미가 있었나 싶어 놀라웠다.

밟힐 것을 뻔히 알면서도 저리 당당한 것을 보면
나보고 알아서 비켜 가라는 것인가 보다.

움찔해진 나는 징검징검 걷기 시작했다.
태양빛이 제법 따가웠다.

민들레도, 개미도, 징검징검도 잊을 무렵
아이스크림을 하나 사 물고 싶어졌다.
콘아이스크림을 하나 집어 들었다.
세상에!

오백 원이 아니란다.
어느새 가격이 올라 천오백 원이란다.
놀랠 노자다.

이가 시린 나는 사알짝 베어 물며 걸었다.
그러는 사이 내 눈앞에서 삼십 원 정도 되는 크림이 녹고
있었다.
피 같은 돈으로 산 건데 지맘대로 녹아 버리다니!
다급해진 나는 이가 시린 것도 잊은 채
안간힘을 써가며 천사백칠십 원을 핥아 먹고 있었다.

개미가 그렇고
아이스크림이 그렇다.
다 제멋대로다.

미니멀
라이프

한때 나는 미니멀한 생활을 해보겠다고 마음먹었다.

엄청나게 큰 쓰레기봉투를 마련해서 옷장 앞에 섰다.
버릴 것 투성이었다. 모두 꺼내다시피 했다.

"막상 입는 옷은 몇 벌 되지 않네!"

너무 험한 것은 쓰레기봉투에 버리고, 멀쩡한 것과 버리기 아까울 정도로 예쁜 옷들은 재활용 수거함에 내놓기 위해 따로 분류해두었다.

호사다마라고 했나. 좋은 일에는 마가 끼는 법.
어디선가 악마의 목소리가 들렸다.

"왜?"
"이걸 다 버린다고?"
"그래도 한두 번씩은 입는데 버리기는 너무 아깝지 않니?"

"어! 저건 비싼 거잖아."
"살만 조금 빼면 예전처럼 다시 예쁘게 입을 수 있다구!"

악마의 소리를 들은 나는 진격의 나팔 소리를 들은 얼빠진 졸병처럼 정신없이 옷들을 제자리에 걸어 두고 있었다.

"그래 옷은 그냥 입는 걸로!"

이번엔 주방에 섰다.
버릴 것 투성이었지만 함부로 버릴 수가 없었다. 대부분 재활용 용기였기 때문이다.
저걸 하나하나 씻어 내자니 만만치 않다. 더구나 찌꺼기만 남은 참기름, 들기름병은 한지나 신문지를 이용해 흡수시켜 버려야 했다. 그렇게 내용물을 버리고 나서 저 좁은 입구로 솔을 집어넣어 기름기를 닦아 내야 하니 공정이 너무 길고 거창하다. 지금은 도저히 엄두가 안 난다.

"그래 주방은 다음에 치우는 걸로!"

이번엔 화장대 앞에 섰다.
쓰다 만 로션, 쓰다 만 크림 등 손볼 것이 너무 많았다.
그러나저러나 이걸 다 버리기는 아까우니 겨울철에 갈라진 발바닥에 발라서라도 없애야겠다.

미니멀 한 생활을 하고자 함이지 무조건 버리는 게 목적이 되면 안 되지. 암.

"화장대는 천천히 비우는 걸로!"

나 혼자 벌인 일이지만 "너 지금 장난해?"라는 질책이 절로 나왔다.

환경 관련 일을 하는 친구에서 전화를 걸어 그래도 이만큼이나마 마음을 먹었다고 자랑을 했고, 결국은 아무것도 못 했다고 고백도 했다. 내 이야기를 다 들은 친구는 웃으며 이렇게 말했다.

"맞아. 사는 것보다 버리는 게 더 힘들어. 그래서 나는 물건을 살 때 버릴 것을 먼저 염려하고 사. 그러면 덜 사게 되더라."

현명하고 사려 깊은 미니멀리스트가 여기 있었다.

빨간 신호등과
가야금

파도 같은 한숨이 절로 나왔다.

모든 것이 잿빛으로 얼어붙은 도시 한복판에서 신호 대기를 받고 있었다. 빨간불이 좀처럼 바뀌지 않는다. 앞으로 나갈 길이 꽉 막힌 내 신세 같았다.

신호등 앞에 멈춰서서 신세한탄을 하며 시린 한숨을 토해내고 있으려니 헛헛한 마음 때문인지 차에 꽂아 둔 채 흘려듣던 가야금 연주가 내 마음속으로 꽂히듯 들어와 박혔다.

곡이 자진모리로 접어들고 있을 때였다. 그때부터는 가야금 소리가 귀로 들리는 것이 아니었다. 내 가슴통에서 뿜어져 나오는 소리였다. 가야금 소리와 함께 주체못할 감정들이 범벅이 되어 내 머리통과 몸통을 거쳐 밖으로 울면서 튕겨져 나왔다.

그때 신호가 바뀌었고 나는 액셀을 밟았다.

'가야금을 배워 봐야겠다.'

그 순간 악보도 못 읽고 박자감도 없으면서 무슨 악기를 하겠냐며, 뭐든 해도 안 되는 마이너스 손이니 해도 안 될꺼라며 귓전에 달라붙어 웅웅대는 소리를 들어야 했지만 무시해 버렸다. 할지 말지는 지금 정해진 것이고 할 수 있는지 없는지는 전문가에게 물어보면 알게 될 일이다. 안 된다고 하면 내 손으로 가야금 줄이라도 한 번 퉁겨보고 오자.

나는 그날 저녁 가야금 레슨실을 찾아갔다.

"저도 가야금을 칠 수 있을까요?"

선생님께서 하시는 말씀이 가야금은 우리의 악기이기 때문에 한국인이라면 누구나 할 수 있는 악기라고 하셨다.

"아리랑 노래 아시죠?"
"아, 예!! 알죠."
"그럼 그거 한번 해보죠."

선생님은 가야금 줄을 검지로 힘껏 뜯어 올리셨다.

"이게 아리랑의 첫 음입니다. 이 음을 기준으로 가야금 줄을 뜯어보면서 첫 소절을 한 번 맞추어 보세요."

이렇게 이상하고 아리송한 말씀을 하신 후 잠시 자리를 비우

섰다. 참 신기하게도 구음을 하며 여러 번 뜯다 보니 첫 음에 맞추어 '아~리~랑 아~리~랑' 두 음절까지 가야금 줄을 뜯을 수가 있었다. 내가 해 놓고도 믿어지지 않았다.

다시 들어오신 선생님 앞에서 뭐 신기한 것이라도 내보이는 양 가야금 줄을 뜯어 보였다. 그날부터 나는 가야금을 시작했고 몇 달 후 황병기 선생님의 〈침향무〉를 연주할 수 있게 되었다.

앞이 보이지 않는 암울한 시기. 더 이상 나갈 수 없는 빨간 신호등 같은 그 시기에 가야금은 나에게 앞을 밝혀주는 등불 같은 존재였다. 비록 내 가야금 소리는 들어 줄 만한 것이 못되었지만 열심히 매달려 연습하고 또 연습했다. 그렇게라도 하지 않았다면 그때까지도 나는 빨간 신호등 앞에서 모든 것을 멈추고 있었을지도 모른다.

낙서
– 도서관에서 –

강의 준비로 도서관에 들렀다.

도서 몇 권을 대여해서 열람실 책상에 앉았다. 준비해 간 책과 노트북을 내려놓자니 '보고 싶다', '잠은 죽어서 자자'라고 칼로 새겨진 낙서가 눈에 들어왔다.

그러게 말이다. 공부만 하려면 왜 그렇게 그가 보고 싶은 것이고, 잠은 왜 그렇게 오는 것일까?

뇌란 녀석이 사정없이 잠 가루를 퍼부어 대니 안 잘 수가 없고 추억 속에 인물들을 소환하니 턱을 괴지 않을 수가 없다. 그러니 세상 그 어떤 교활한 놈도 우리의 뇌보다 더 교활할 수는 없으리라.

그런 야비한 놈의 수법쯤은 훤히 꿰고 있는 나였으므로 강의 안이 나오기 전까지는 무슨 일이 있어도 철통방어를 하겠다며 벼르고 있었다.

그러나 잠도, 추억의 소환도 안 먹히자 뇌란 녀석이 아주 하찮은 그러면서도 지금 하기 딱 좋은 수만 가지 일들을 속삭이기 시작했고 나는 결국 자리에서 일어났다.

"엇! 물을 안 가져왔네!" 생수를 사러 가야겠다.

매화 예찬

주말 아침, 부부는 카페에 앉아 따뜻한 커피를 홀짝이며 빵을 먹고 있었다.

그가 말했다.

이번 겨울에 붓글씨를 배울 것이고, 나중에 집을 짓게 되면 당신 서실에 '매화방'이라는 현판을 하나 써서 내려주겠노라고 놀리며 말했지만 나는 그 문구가 몹시도 마음에 들었다.

나는 매화 예찬론자이다.

이 나이 먹도록 크게 아파도 보았고 사고로 병원 신세를 진 것도 두세 차례가 된다. 그러나 진짜로 내가 못 견디도록 힘들었을 때는 큰 병이나 사고가 났을 때가 아니었다.

먹은 것이 잘못되어서 위아래로 꽉! 꽉! 막혔을 때가 가장 고통스러웠다. 아무리 토해내려고 해도 토해지지 않았고 볼일을 보면서 쏟아내고 싶었지만 용트림을 하며 앉아 있어도 고통스러울 뿐 하나도 내려 오질 않을 때가 있었다. 그럴 때마다 숨이 턱턱 막혔다.

하늘이 노랗다. 산목숨이란 것 자체가 그렇게 거북스럽고 저주스러울 수가 없었다.

딱 두 번 그런 적이 있었다.

한 번은 무싯 날이었고, 한 번은 교통사고 나기 전날 밤이었다. 아무래도 크게 다칠 것을 내 몸이 미리 알고 그랬던 것 같다.

속에 있는 것들이 차올라 내 목을 졸라 왔다. 어떻게든 내보내야 했고 그러고 싶었지만 역시 위로도 아래로도 나오지 않았다. 몸통이 꽉 막혀 숨조차 잘 쉬어지지 않았다. 눕지도, 서지도 못 한 채 밤새 식은땀을 흘렸었다.

그다음 날 나는 외곽도로에서 아들을 옆에 태우고 좌회전 신호 대기를 받던 중이었다. 무심코 본 백미러에서는 트럭 한 대가 내 차를 향해 무지막지하게 돌진 해오고 있었다. 어찌해 볼 틈도 없이 트럭은 내 차를 덮쳤고, 우리 모자가 타고 있는 차는 튕겨 나가면서 중앙선을 넘었다. 나 혼자였다면 너무 무서워서 눈을 질끈 감고 2차 사고를 당했을지도 모른다. 그러나 아들이 옆에 있다는 사실이 나를 각성시켰고 마주 오는 차를 피해 나갈 수 있었다. 무시무시하고 끔찍한 사고였으나 조물주의 가피를 입어 차만 망가지고 모자는 목숨을 건졌다.

그렇게 큰 사고를 당했지만, 병원 치료를 받는 내내 잘 먹고 잘 내려보냈으니 그 전날 식은땀을 흘리며 아래로도 위로도 내려보내지 못했던 고통보다는 덜한 것이었다.

그러니 이 세상에 잘 먹고, 잘 싸는 것보다 더 좋은 건 없는 거라고 나는 믿어 의심치 않는다.

그러므로 나는 언제라도 나의 똥. 나의 황금. 나의 매화가 고맙고 사랑스럽다.

실례를 범해서
죄송하게 됐습니다

건강진단. 올해는 처음으로 대장암 검사를 했다.

이런저런 설명을 마친 간호사는 내게 작은 통을 주면서 대변을 담아 오라고 했다.

"제가 지금은 배변감이 없는데 어떡하죠?"
"일주일 내로만 받아오시면 되고요, 반드시 당일 본 배변이어야 해요!"
"아. 예~ 알겠습니다"

여러 번을 생각해도 똥을 싸 들고 여길 다시 오느니 오늘 해결을 보고 가야겠다 싶었다.

똥….

걱정 때문인지 속이 불편해졌고, 다행히도 밖으로 나오고 싶어 하는 애들이 신호를 보내왔다. 나는 신이 나서 화장실로 뛰어 들어갔다. 그러나 문을 닫고 앉아 있자니 여간 난감한 게 아니다.

'이 자그마한 통에 어떻게 담아야 하나…'

이런 건 초록창에 검색해도 답이 안 나올 테니 어떻게든 내 힘으로 해결해야만 했다. 어찌어찌 애를 쓴 덕분에 아주 흡족하게 마무리되었고 그 귀한 것을 잘 갖다 바쳤으니 모든 게 완벽했다.

며칠 후 동네 언니와 함께 산책을 나갔다. 내내 미루어 두었던 건강진단도 하였으며, 대장암 검사를 위한 재료도 당일 잘 만들어서 주고 왔노라고 자랑삼아 이야기했다.

"그러게 대변 검사가 예전 같지 않아서 참 쉽잖아, 아주 조금만 묻히면 되니까 편해졌어."

그 말을 들은 나는 입을 다물 수밖에 없었고 얼굴은 흙빛이 되었다.

'찍어다 줘야 하는 거였구나!'

잘 봐달라는 의미로 귀한 것을 꽉 차고 넘치도록 담아주었으니 기함했겠다.

"뭐야! 이 아줌마, 똥 받아온 꼴 좀 보소"
라고 하는 소리 다 들린 다고요. 간호사 양반!

바람을 가르는
라이더

신! 신계숙 슨생님~ 워어디 있다 인제 나온 거래유~

계! 계속 텔레비에 나오믄 안 되남유~ 보믄 그냥 좋아 죽것슈~

숙! 수욱! 오~메~ 여그서 딱 멕혀 버리네요 잉~

TV에 나오는 그녀를 보고 깜짝 놀랐다. 입이 안 다물어졌다.
너무 좋았다. 그녀가 나올 때 옆에 있는 남자는 나에게 말도 못
붙였다. 몸뚱아리만 텔레비전 앞에 앉아 있을 뿐….

나는 오토바이 뒤에 앉아 그녀의 허리를 꽉! 붙잡고 있었다.
그녀의 넘실대는 스카프가 나를 자꾸 간지럽혔다. 어디를 가고
싶냐는 그녀의 말에,

"아무 데나 가봐유~ 난 다 괜차능게유~"

클래식에 대한
오해와 진실

    나는 손바닥에 휴대폰을 고정한 채 피아노협주곡을 듣고 있었다. 카메라는 피아노 연주자의 얼굴에 클로즈업 되어 있었다.

    연주자는 내 나이를 넘긴 중년으로 보였고 자못 진지한 표정을 지으며 미간을 살짝 찌푸린 채 연주하고 있었다. 흐르는 듯한 피아노 선율은 계속되었다.

    그 나이가 되도록 수만 번의 열정을 불태웠을 연주실력은 피아노 건반 위를 얼마나 자유롭게 미끄러져 가는지 그녀는 아무런 미동도 없이 피아노 소리를 흘려보내고 있었다. 곡과 함께 어우러진 그녀의 심오한 얼굴 역시 조금의 움직임도 없었다. 나조차도 숨이 멎을 것처럼 피아노곡을 듣고 있었다.

    그 곡조에는 그녀의 삶과 피아노 거기에 내 삶까지 보태어져 있었다. 너무나 감동적인 연주였다.

    나중에 알았다. 그건 나의 오해였다.

    그녀가 미동도 없이 피아노를 치는 게 아니라 정지된 화면이었다. 노안이 된 내가 그걸 몰랐을 뿐이다.

　오케스트라와 협연이었는데 피아니스트만 계속 클로즈업되어 이상하다고는 생각했었다.

자선냄비 &
메리 크리스마스

오랜만에 나선 외출 길에 빨간 자선냄비를 보았다.

 일상이 줄줄이 무너졌던 올 한 해 끝에서 이렇게 때맞추어 나타난 구세군의 종소리를 들으니 숨이 쉬어졌다.

 코트 주머니에 손을 찔러보니 지폐 몇 장이 잡힌다. 며칠 전 노점 할머니에게서 두부를 사고 남은 돈이다. 천 원짜리들이다. 때마침 있어 준 천 원짜리들이 고맙다. 잡히는 손으로 꺼내어 바로 냄비에 털어 넣었다.

 그 순간!

 천 원짜리라고 생각했던 것들이 배춧잎으로 보였다. 눈앞이 아득한 찰나. 배춧잎들은 빨간 냄비 속으로 속절없이 미끄러져 갔고 내 얼굴은 이미 노랗게 변해 있었다.

 조금이라도 도움이 되면 좋겠다던 따뜻한 마음은 천리만리 달아나 버렸고 빨간 통이 내 만 원짜리를 빼앗아 가기라도 한 듯 머리털이 곤두섰다.

나는 빛의 속도보다 빠르게 기억을 되돌려 보았다.

천 원짜리가 분명했다는 판결.

햇빛을 받아서 그런 걸 거라는 덧붙임.

그제서야 내 마음속에 평화가 깃들었다.

"수고 많으십니다"라고 우아한 인사를 건넸고

"감사합니다. 메리 크리스마스"라는 다정한 화답이 돌아왔다.

이 여자에 관한
몇 가지 에피소드

● 약(medicine)

목구멍이 작은 게 문제인지 비위가 약해서인지 몰라도 약을 못 먹는다. 물을 꿀떡하고 삼키면 약도 따라 넘어간다는 거짓말을 믿고 그렇게 해보았지만, 아무리 해도 꼴깍꼴깍 물만 넘어갈 뿐 약은 혓바닥에 딱 붙은 채로 애를 먹였고, 결국 요상한 쓴맛이 터져 나와 나는 기어코 토를 했다.

그래서 만난 게 가루약이다. 만만해 보였다. 그까짓 가루. 하찮은 가루일 뿐이었다. 왜 이제야 만났냐며 야심 차게 가루약을 입에 털어 넣었다.

대혼돈….

마치 내 눈깔에 약을 털어 넣은 것 같은 느낌이었다. 눈앞은 캄캄했고 혓바닥이며 입천장이며 악마처럼 붙어서 떨어지지 않아 식겁했다. 결국, 진저리치며 토를 했다.

그러다가 환을 만났다. 작고 둥글둥글한 그것들은 목구멍으로 넘길 만했으니 앞으로 그 어떤 병마가 와도 나는 살아남을 수 있게 되었다. 다만 문제가 하나 있었다. 1회 복용 시마다 이삼십 알을 먹어야 하는데 물 한 모금에 환 한 알씩 먹어야 하니 배도 부르고 그렇게 처먹고 있자니 세월 간다.

보다 못한 할머니가 보약을 한 재 지어주셨다.

●. 뜀틀

눈에 힘을 주고 빠르게 달려 나가 도움닫기를 한 다음 다리를 쫙 뻗고 도마에 손을 짚고 넘으면 "콱~!"하고 고꾸라져 처박힐 게 뻔한데 저걸 넘어야 하는 것이 너무나 한심스럽고 개탄스러웠다.

초등학교 때 만난 그놈은 중학교 가서도 있었고, 고등학교에 가도 있었다. 나는 9년 동안 단 한 번도 그놈을 넘지 못했다.

한 번은 그런 나를 체육 선생님이 어떻게든 넘겨보려고 애쓰셨지만, 나는 체육 선생님보다 내 목이 부러질 게 더 무서웠기에 절대로 넘지 않았다.

어린 학생들의 모가지를 부러트리고, 얼굴을 땅에 갈리게 할수 있는 무시무시하고 인정사정없는 그런 놈을 학교에서 교구로 쓴다는 것이 이해가 안 되는 나다.

●. 모전여전

언젠가 내가 뜀틀 이야기를 하며 열을 올렸더니 딸아이가 숨 넘어갈 듯이 웃으며 본인도 9년 동안 단 한 번도 그것을 넘지 않았다고 했다.(이런 것도 유전인가 싶어 놀라웠다.) 무섭기도 했지만 다리까지 쫙 벌려야 하는 것이 너무도 망측하다고 덧붙였다. 초등학교 때부터 고등학교 때까지 반장과 회장을 놓치지 않던 똘똘하고 귀한 녀석이 내 편을 들어주니 나의 체면이 격상된 듯했다.

●. 친정엄마 vs 시어머니

화창한 봄날 전화가 걸려온다.

"오늘이 니 생일이데이. 미역국은 끓여 묵었나? 애비한테 맛있는 거 사달라 케라."

귀에 감기는 정겨운 어머님의 목소리이다.

결혼한 첫해부터 은혼을 넘긴 지금까지 어머님은 내 생일에 맞추어 전화를 주신다. 그런 어머님께 늘 감사했고, 나도 철이 좀 들고 했으니 나를 낳느라 산고를 겪으셨을 친정엄마에게도 감사 인사를 해야겠다 싶어 전화를 걸었다.

"엄마 오늘이 무슨 날인 줄 알아?"

"오늘…?"

"가만있어 보자 오늘이…수요일인가?"

기대하지 않았으니 실망스러울 것도 없었지만 수요일이라는 말에 빵 터져 버렸다. 엄마가 날 낳느라고 고생한 날이라고 알려 주었다. 우리 어머님은 해마다 내 생일을 챙겨주신다고 했더니 내게 미안하다는 말씀은 안 하시고, 사돈어른이 정말 고맙다고만 하셨다. 그 말이 그 말일 것이다.

그나저나 총기가 나보다 뛰어나시던 어머님께서는 요즘 들어 하루 이틀이 지나서야 다급한 목소리로 "아이구 내가 니 생일을 깜빡 이즈뿌릿다."하시면서 미안해하시니 내가 더 송구하다.

●. 매화
오랜만에 친구를 만나면 장(腸)이 제일 반가워한다.
"친구 안녕~ 엇! 나 똥 좀"
"오늘 진짜 즐거웠다. 먼저 출발해 나는 똥 좀."
이런고로 내 친구는 오십을 앞둔 나에게 '똥 덩어리'라는 별명을 붙여 주었다. '내가 나이가 몇 갠데 똥 덩어리라니.' 하면서도 이보다 더 나다울 수는 없다 싶어서 싫지는 않다.
남편에게도 공유 차원에서 그런 별명을 얻었노라고 밝혔더니 딱 맞는 별명을 붙여 줬다며 내 친구를 칭찬했다.
내심 혼내 주길 바랐는데 언감생심이었나 보다.

나란 여자는 이렇게 겁이 많은 겁쟁이이고, 똥 덩어리라는 별명을 가진 똥쟁이다.

　다만 아주 가끔은 맑은 빛을 내기도 하는데 주로 경상도 남자와 함께 있을 때가 그렇고 가끔씩은(어쩌면 자주) 포악해지기도 하는데 역시 경상도 남자 때문에 그렇게 된다.

가을에는 엉뚱한
생각마저도
빨간 능금으로 익는다

코뚜레

어머니께서 노간주나무로 만든 코뚜레를 선물로 주셨다.

소 코뚜레를 문에 걸어 두면 행운이 찾아든다고 하시면서 가지고 오셨다. 그렇게 신혼집에 걸어 두었던 코뚜레는 그 이후 몇 번 더 이사를 할 때마다 현관 입구에 걸어 두었다. 코뚜레가 행운을 준다고 믿어서가 아니라 어머님의 정성이 우리 집에 행운을 오게 할 것이라고 믿었기 때문이다.

어느 날 나는 코뚜레를 보고 생각에 잠겼다. 이 코뚜레의 주인이었을 커다란 소에 비하면 손바닥만 한 코뚜레는 아무것도 아닌 그저 둥그런 나무 조각에 불과했을 것이다. 그러나 아무것도 아닌 코뚜레는 아직 그대로인데 커다란 황소는 온데간데없고, 그 간 곳을 아는 이도 없다.

우리의 인생도 이와 같지 않겠나.
내가 밥그릇에 담긴 밥을 아무리 퍼먹어 봐도 밥을 퍼담은 육신은 앞으로 50년도 안 돼서 흔적도 없이 사라질 텐데… 조용히 밥을 담고 있는 이 그릇은 몇백 년을 가고도 남을 것이다.

그러니 잘난 체 말자.
그리고 얼마 남지 않았다는 것을 잊지 말자.
먹을 갈아 붓글씨를 한 장 써두었다.

코뚜레는 아직 여기 있는데
그대는 어디서 무엇이 되셨소.
때가 되면 나도 사라져 버릴 테니
밥공기와 붓글씨 한 장
그리고 코뚜레만 남겠구려.

단풍 든 그대
그리고 나

가을 어느 날 커피숍에 앉아 창밖을 내다보고 있자니 아기단풍 이파리가 예쁜 빨간색을 뽐내며 푸른 하늘과 어우러져 하늘거리고 있었다. 그림엽서처럼 어여쁘다.

그러고 보면 여름을 견뎌낸 나무들은 자연으로부터 아름다운 단풍을 선물받는데 왜 우리 인간은 가을과 같이 무르익는 나이가 되어도 예쁜 단풍은 고사하고 허옇게 보기 싫은 은단풍이 되는지 알 수가 없다.

윤기가 흐르던 검은 머리에서 한 가닥 한 가닥 시작되던 은단풍이 이제는 희끗희끗하여 내가 보기도 민망하고 남을 보여주기도 민망스러우니 자꾸만 그걸 가리느라 여념이 없어진다.

그 흔한 가로수 은행나무도 노란 단풍으로 눈부시게 아름다운데 우리 인간에게 그 정도 공을 들여주지 않은 신에게 하소연하고 싶어서 넋두리를 시작해 보았는데 곱씹어 볼수록 보기 흉한 은단풍은 어쩌면 신의 배려인지도 모르겠다.

나이가 들어서도 외양을 가꾸느라 여념이 없는 우리에게 이제부터는 그런 소용도 없는 짓을 그만두고 내면을 가꾸라는 말을 하고 싶어서 아무리 꾸며도 초라해 보일 수밖에 없는 허연 머리로 일침을 가하시나 보다.

곧 떨어져 내릴 때가 왔는데도 알지 못하고 천년만년 살 것처럼 일상을 허비하고 있는 우리에게 거울을 볼 때마다 희끗희끗한 머리를 반짝거리게 해서 어서 빨리 내면을 돌보라고 따끔한 회초리를 치는가 보다.

그래 이제 하나 마나 한 짓은 그만두고 시간을 아껴 내면을 가꾸어야지 하면서도 또 다른 헛짓으로 하루해가 짧을 지경이니 철이 언제 들지 모르겠다.

안숙선 명창의 〈사철가〉나 한 번 듣자.

월백(月白) 설백(雪白)할 제 우리의 백발 단풍을 디밀어 보면 그제야 천지백(天地白)하겠구나.

사철가

이산 저산 꽃이 피니 분명코 봄이로구나
봄은 찾아왔건마는 세상사 쓸쓸 하드라
나도 어제 청춘일 러니 오날 백발 한심 허구나
내 청춘도 날 버리고 속절없이 가 벼렸으니
왔다 갈 줄 아는 봄을 반겨 헌들 쓸 데 있나

봄아 왔다가 갈려거든 가거라
니가 가도 여름이 되면 녹음방초 승화시라
옛부터 일러있고 여름이 가고 가을이 돌아오면
한로삭풍 요란해도 제 절개를 굽히지 않는
황국 단풍도 어떠한고

가을이 가고 겨울이 돌아오면
낙목한천 찬바람에 백설만 펄펄 휘날리어
은 세계가 되고 보면 월백 설백 천지백 허니
모두가 백발의 벗이로구나
…….

눈물겨운
자아 성찰

잘 익은 목화 다래를 하나 얻었다.

분명 물을 먹고 자란 녀석인데 이렇게 포슬포슬한 솜을 한 껏 두르고 있으니 무척 신비스러운데다가 그 솜뭉치를 두른 모양은 더욱 귀하다. 제 몸에 꼭 맞는 솜옷을 맞춰 입은 별님 같았다.

나는 그렇게 사랑스러운 목화를 키워보기로 했다.

잘 익은 목화송이를 들고 조심스럽게 털어보니 열 알 정도의 씨앗이 나왔고 한 손으로 쥐어질 정도의 목화솜이 나왔다. 몇 해만 목화를 가꾸어도 나중에 태어날 소중한 생명에게 손바닥만 한 이불을 만들어 줄 수 있겠다고 생각하니 웃음이 새어 나와 혼자 실실거리며 앉아 있었다.

기다리던 4월 어느 봄날 보물처럼 간직하던 씨앗을 물에 불렸다. 씨앗을 보호하려고 그러는지 애처로울 정도로 딱 붙어서 떨어지지 않는 잔 솜털을 제거했다. 씨앗에 물이 잘 스며들게 하기 위해서였다. 나는 종이컵에 씨앗을 앉혔고 그 위로 화장 솜을 물에 흠뻑 적셔 이불처럼 덮어 두었다.

숨 막히는 기다림이 지나고 며칠 후 드디어 소식이 왔다.

손가락까지 파르르 떨어가며 조심스럽게 씨앗을 덮고 있던 이불을 들춰 보니 하얗고 조그마한 싹이 올라와 있었다.

"어머나 세상에 이 새싹 좀 봐"

나는 기뻐 어쩔 줄 몰라 했다. 며칠을 더 지켜보니 제법 싹이 굵고 튼실해져 있었다. 흙에 옮겨심기에 적당했다.

영원과도 같은 휴식을 깨트리고 나온 새싹이 기특하였으며 그 모든 되어감은 내가 관장을 하였으니 나 역시도 너무 대견하여 어깨가 으쓱해졌다.

나는 그 기쁨을 참지 못하고 언니에게 자랑을 뻗쳐 놓았다. 새싹이 하얗게 올라와 있는 것이 조금 신경이 쓰인 나는 미리 안심을 시켜두는 의미로 햇빛을 받으면 곧 파랗게 될 거라고 주절거리고 나서 하얗고 귀여운 싹이 총총히 고개를 들고 있는 작은 화분을 내보여줬다. 이번엔 언니가 입 밖으로 터져 나오는 웃음을 참지 못하더니만 기절초풍할 소리를 했다.

"바보야 이건 싹이 아니라 뿌리잖아!"

그렇단다. 뿌리가 먼저 나고 새싹은 나중에 나오는 거라고 했다. 똥인지 된장인지도 모른다더니 나야말로 뿌리를 새싹으로 알고 하늘로 뻗쳐 놓은 채 목화가 매달리기를 바랐던 것이다.

나는 나의 확신이 이렇게 어리석을 수 있다는 걸 알았다.

나는 나의 선의가 산 생명을 죽일 수도 있다는 걸 알았다.

나는 나의 숭고가 헛된 경거망동이 될 수 있다는 걸 알았다.

다람쥐
먹이를 털다

　일요일 아침은 집에서 마련하지 않는다. 주부도 쉬는 날이 있어야 하기 때문이다. 경상도 남자는 좋은 생각이라며 그러자고 약속을 해줬다.

　일요일.
　아침부터 서두를 게 없다. 한껏 게으름 떨다가 가벼운 외출 준비를 하고 어슬렁거리며 집 밖으로 나온다. 근처 카페로 나가서 커피 한 잔과 갓 구운 빵을 먹는다. 더없이 평화로운 시간이다. 오전에 게으름을 떨었으니 오후에는 가벼운 등산을 한다.
　가을이면 등산길에 주머니가 불룩해진 어르신들을 자주 만나게 된다. 숫제 어느 분은 시장바구니 같은 것을 들고 오시는 분도 있다. 그들은 다람쥐가 먹을 밤을 주워 가시는 분들이다. 가끔 소수의 초범이 섞여 있을 뿐 대부분 상습범으로 보인다. 자연을 벗 삼아 나왔으면 한나절 어우러지다 가시면 좋을 텐데 저리 숲 짐승들의 먹을거리를 빼앗아 가나 싶다.
　'우구구….'

우리는 절대로 저러지 말자고 다짐을 해댔다.

그날은 부부가 늘 다니던 길이 아닌 아주 조그만 샛길로 걸어 올라갔다. 길이 있는 건지 없는 건지 분간이 안 갈 정도로 인적 이 드문 곳이었다. 요즘은 멧돼지가 극성이라는데 혹시라도 잠 자고 있는 멧돼지와 마주치면 어떡하지…?

겁이 난 나는 길이 난 곳으로 다시 나가자고 조르고 있었다. 그 순간 운명의 장난처럼 발아래 무수히 많은 밤들이 떨어져 내 려 있었다. 머리를 들어보니 커다란 밤나무가 하늘로 치솟아 있 었다. 인적이 드물어서 이렇게 쌓이도록 아무에게도 들키지 않 았나 보다. 하얗게 입을 벌리고 밤송이째 떨어진 것들도 있었 고, 알알이 나뒹구는 것도 있었다. 천지가 밤이었고 밤이 천지 였다.

나는 재미 삼아 하얗게 벌어진 채 떨어져 있는 밤송이에서 조 심스럽게 밤 세 알을 꺼내 남편에게 보여주며 자랑하고 나서 내 주머니에 넣었다.

'어머 이것 좀 봐 정말 밤톨 같네'라며 칭찬할 만한 예쁘장한 알밤이 바로 눈앞에 있길래 그것을 또 주어 넣었다. 그 뒤부터 는 정신이 아득한 채로 우리 부부는 주머니란 주머니가 다 불룩 해서 터져 나오도록 밤을 주워 담았다. 다람쥐는 안중에 없었 고, 무서운 것은 나중 일이었고, 멧돼지는 더 나중 일이었다.

'밤을 줍는 일이 이렇게 재미있는 거였구나. 어르신들도 이렇

게 즐거웠겠구나.'

줍기는 했는데 집까지 이러고 가기는 민망하여 도로 산에 뿌리고 올까 하고 우리는 머리를 맞대고 상의하다가 집에 와서 쪄 먹어 보기로 결정했다.

부부는 산에서 공수해 온 밤을 반은 밥솥에 찌고, 반은 배를 갈라 구워 먹은 후 배를 두들기며 드러누워 있었다.

바람 때문인지 '덜컹'하고 현관문이 흔들렸고 나는 가슴이 철렁 내려앉았다.

혹시 누가 와서 우리 집 현관을 두드린다면, 먹을 것을 빼앗긴 배고픈 다람쥐가 틀림없겠다. 너무 미안하니 먹다 남은 밤은 숨겨 놓고, 흰쌀밥을 새로 지어 정성껏 대접해야겠다.

공맹(公孟)의
굴욕

언젠가 두메산골에서 차밭을 가꾸는 분이 TV에 나왔다.

그는 산비탈에 녹차 묘목을 심어 두고 정성을 기울였다고 했다. 여간해서 찻잎이 나오지 않았지만 8년이라는 어마어마한 시간 동안 공을 들이고 나서야 척박했던 땅에서 보란 듯이 잎을 피웠다.

그런데 안타깝게도 산불이 나는 바람에 수확을 기대했던 찻잎이 모두 불타고 말았단다. 마치 내 녹차밭이 없어진 것마냥 한탄스러워하고 있던 그때 주인공이 말했다.

산불 이후 얼마 안 가서 보드라운 찻잎이 다시 빼곡히 나왔노라고. 그럴 수 있었던 이유는 녹차 나무가 8년 동안이나 잎 농사는 제쳐두고 길고 깊숙하게, 뿌리를 단단하게 내려두었기 때문에 가능한 일이었다고 했다.

그럼에도 불구하고 다시 올라오는 찻잎이 참으로 기특하다고 여겨졌다. 하지만 녹차 입장에서는 뿌리가 그만큼 성장하였으니 다시 잎을 틔우는 것쯤은 놀랄 만한 일이 아니라 그저 자연스러운 일에 불과했을 것이다.

손톱만 한 싹이 4년 내내 조금도 자라지 않다가 5년째 되는 해에 15미터 이상으로 폭풍 성장하는 모죽(毛竹)을 보고 사람들은 기함을 한다. 그것 역시 위로 솟아오르는 것만을 성장으로 치는 어리석은 셈법으로 지켜봐서 그런 것이다. 15미터로 키워낼 수 있는 든든한 뿌리를 4년 동안 준비한 모죽에게는 그저 자연스러운 일일 뿐이다.

그러니 '자연(自然)스럽다'라는 말이 얼마나 위대한 말인지 새삼 알게 된다. 자연이 일러주는 지혜만 받아 적어 놓아도 공자왈 맹자왈은 무용지물 아니겠는가!

헬렌 켈러의 산책

저녁을 먹고 공원으로 산책을 나섰다.

많은 사람이 달빛 아래 산책을 즐기고 있었다.

잔디밭 주변을 몇 바퀴 돌고 나서 벤치에 앉았다.

밤인데도 더워서 그러는지 매미 소리가 쟁쟁거린다.

가만히 눈을 감아 보았다.

쟁쟁거림이 더욱 선명하게 들렸다.

눈을 감았지만

강아지와 함께 내 앞을 지나가는 사람들,

일렁이는 바람.

고요한 달빛.

눈을 감고도 다 볼 수가 있었다.

고맙게도 눈으로 볼때와는 달리 '좋다'라거나 '싫다'라는 분별
심이 적게 올라왔다.

볼 수 있는 것과 없는 것 중 어느 것이 더 축복일까?

볼 수 있으므로 우리는 더욱 욕심을 낸다.
저 사람보다 더 값비싼 옷을 두르고 싶어 했고
저 사람보다 더 좋은 차를 타려 했고
저 사람보다 더 좋은 것을 먹으려고 했다.
결국, 그렇지 못했으므로
시기 질투로 몸살을 앓는다.

'눈 사용법'에 대해 깊이 생각해 볼 일이다.
제대로 사용하지 않으면 축복이 아니라
고통일 수도 있겠다는 생각이 든다.

사흘만 볼 수 있다면

- 헬렌 켈러 -

첫째 날에는
친절과 겸손과 우정으로
내 삶을 가치 있게 해준 설리번 선생님을 찾아가
이제껏 손끝으로 만져서만 알던
그녀의 얼굴을 몇 시간이고 물끄러미 바라보면서
그 모습을 내 마음속에 깊이 간직해 두겠습니다.

그리고 밖으로 나가 바람에 나풀거리는
아름다운 나뭇잎과 들꽃들,
그리고 석양에 빛나는 노을을 보고 싶습니다.

둘째 날에는
먼동이 트며 밤이 낮으로 바뀌는
웅장한 기적을 보고 나서
서둘러 메트로폴리탄 박물관을 찾아가
하루 종일 인간이 역사 속에서 살아온 궤적을
눈으로 확인해 볼 것입니다.
그리고 저녁이 되면 보석 같은 밤하늘의
별들을 바라보면서 하루를 마무리하겠습니다.

마지막 셋째 날에는
사람들이 일하며 살아가는 모습을 보기 위해
아침 일찍 큰길에 나가
출근하는 사람들의 표정을 볼 것입니다.
그리고 나서 오페라하우스와 영화관에 가서
공연들을 보고 싶습니다.
그리고 어느덧 저녁이 되면
네온사인이 반짝거리는 쇼윈도에 진열되어 있는
아름다운 물건들을 보면서 집으로 돌아와

사흘 동안만이라도 볼 수 있게 해주신
하나님께 감사 기도를 드리고
다시 영원히
암흑의 세계로 돌아가겠습니다.

인공호흡

정제된 헌신이 텅 빈 가슴으로 깊숙이 밀려 들어와 생명을 잇는다. 설령 그 숨을 주는 이가 받는 이보다 덜 영글은 생명이라 하더라도 문제 될 게 없다. "후~"하고 불어 넣어 주는 뜨거운 입김 하나로 생명의 젖줄을 대어 준다.

생명의 숨을 불어넣어 주는 인공호흡이 이렇게 펄떡이며 살아 있는 우리에게도 절실할 때가 있다.

너무 힘들어 쓰러질 것만 같을 때가 그렇고,
나만 이렇게 못난 것 같아 언짢은 마음이 들 때가 그렇고,
더는 앞으로 나갈 곳이 없어 숨이 막힐 때가 그렇고,
누군가에게 기대고 싶지만 그런 사람이 내게만 없는 것 같아서 처절하게 외로울 때가 그럴 것이다.

이럴 때 누군가에게 걸려온 일상의 안부를 묻는 다정한 목소리, 포근히 안아주며 아무 말 없이 토닥여 주는 굵은 손, 너무

속상해 말라고 위로해 주는 따뜻한 말 한마디
　때론 어느 집 꼬맹이의 천진난만한 웃음 띤 얼굴이
　따뜻한 숨결로 밀려 들어와 텅 빈 가슴을 채워주어 다시 살
아갈 용기를 갖게 한다.

　생을 살리고 죽음을 죽이는 그 힘은
　가족이란 이름,
　친구란 이름,
　연인이란 이름으로 불린다.

벚꽃 단상

누구에게나 각별한 마음으로 애정이 가는 꽃이 있을 것이다. 활짝 피어 있는 자신만의 꽃을 보고 있자면 온몸이 성수로 씻겨 내려간 듯하여 슬픔, 분노, 외로움 등은 흔적도 없이 사라져 버리고 자신도 모른 채 입가에 미소를 띠게 될 것이다.

왜 그렇게 그 꽃을 좋아하냐고 누군가 묻는다면 진짜 좋아하는 것에는 이유가 있을 리 만무하니 적당한 대답을 찾지 못해 우물쭈물하고 있을 것이다. 내게 그런 꽃이 바로 목련이다.

그런데 쉰하나의 어느 봄날 흩날리는 벚꽃 아래로 희끗한 머리를 디밀고 들어가 보니 천지개벽이 일어나고 말았다.
꽃 중의 꽃은 목련이 아니라 바로 벚꽃이었다!
목련은 도도하기 그지없는 꽃일 뿐이었다. 무리 지어 어우렁 더우렁 피는 법 없고 이파리도 대동 없이 시린 하늘을 배경으로 홀로 자태를 뽐내고 있으니 표표하게 나부끼는 깃발 같기만 했다.

그러나 벚꽃은 어떤가? 덩그러니 피는 법 없이 어우렁더우렁 피어 손댈 것 없이 아름다운 완벽한 수채화였고, 이파리 대동 없이 피는 것은 마찬가지나 한 숭어리씩 피어나니 잎인 듯 꽃인 듯 풍성하여 더 바랄 것이 없다. 그러니 목련이 우릴 향해 봄이 왔다고 알려주는 나팔 소리였다면 벚꽃은 봄을 즐기라고 그윽하게 울려 퍼지는 교향곡이었다. 내 마음속에서 목련을 밀쳐낸 천지개벽의 꽃이 벚꽃인 이유는 그 배려심 때문이기도 하다.

목련이 필 때쯤 앞다투어 올려진 사진을 보면 오직 한 떨기 목련화일 뿐이다. 목련은 그 꽃그늘 아래 감히 어느 누구라도 세워두는 것을 허락하지 않았다. 그러나 벚꽃이 필 때쯤 올라오는 사진들을 보면 언제나 사람이 주인공이다. 흐드러진 꽃그늘 아래로 달려 들어와 삼삼오오 사진을 찍는 어느 가족, 어느 연인 또는 어느 개구쟁이 사진에서도 벚꽃은 제가 먼저 뽐내는 법 없이 기꺼이 배경이 되어주고 들러리가 되어주어 사람을 더욱 돋보이게 했다. 이보다 더 사랑스러운 꽃이 어디 있으랴.

그러니 난 이제부터라도 목련쟁이에서 벚꽃 아지매로 살란다. 온몸으로 춤추며 "Shall We Dance?"라고 경쾌하게 손을 내미는 벚꽃처럼….

물속에서 얻은
힘의 논리

아직은 어색한 수영복을 입고 첫 강습을 듣고 있었다.

초급반인 우리는 수영 강사님을 중심으로 빙 둘러서서 맨 처음으로 음파 동작을 배웠다. 설명을 마친 강사는 "자, 옆 사람 손을 잡으시고, 물속으로 들어가 '음~'하고, 밖으로 나오면서 '파~' 해보시는 거예요." 우리는 가까이 잡히는 대로 손을 잡고 얼굴까지 입수하였다.

눈앞이 공기에서 물 분자로 바뀌는 순간 숨 막히는 공포감과 엄청난 갑갑함이 나를 짓눌렀다. 눈앞에 들이닥친 위협에 나는 잡고 있던 그 손을 지푸라기라도 잡는 심정으로 '꽉~' 붙잡았고, 안타깝게도 그 손의 주인도 지금은 반쯤 넋이 나간 게 분명했다. 두려움에 몸서리치듯 내 손을 부여잡고 있음이 확연히 느껴졌다. 우리에게 물속은 그만큼 숨 막힐 듯 공포스러웠다.

고맙게도 얼마 후부터는 초급반 대부분이 물속에서 나름 세

련미를 갖추어 가고 있었다. 그러나 몇몇 분은 아직도 영법이 자연스럽지 못했다. 보다 못한 강사는 몸에 힘을 빼야 한다고 몹시도 힘을 주어 말했다. 하지만 그들은 가라앉지 않기 위해 더욱 안간힘을 써댔고 그럴수록 더욱 퍼덕거릴 뿐이었다.

두 번째 영법인 배영을 배우던 첫날. 먼저 시범을 보인 강사는 아주 가볍게 물 위로 눕는가 싶더니 몸이 띄워져 있었다. 눈으로 보았지만 신기할 따름이었다. 곧이어 내 차례가 돌아왔다. 몸을 뒤로하고 물 위로 몸을 띄워야 하는데, 힘을 빼라고는 하지만 가라앉을 거 같아서 본능적으로 없던 힘도 줘졌다. 그럴수록 물은 악마처럼 비웃으며 나를 삼키려 들었다. 식겁했다.

몇 번의 몸개그를 마치고 힘을 빼니 비로소 수면 위에 눕듯이 몸을 띄울 수가 있었다. 내가 죽을힘을 다해 발버둥을 칠 때마다 물은 너무도 허무하게 나를 짚어 삼켰다. 하지만 힘을 빼고 대하니 물은 내게 곧바로 순응했다.

그러고 보니 인간이 가질 수 있는 가장 강력함이라는 것, 태초부터 우리 인간이 선물 받은 막강한 힘이란 것은 어쩌면 이렇게 힘을 빼야만 얻을 수 있는 것이 아닐까 한다.

언어…
그 치유성에 대하여

나에게는 고맙게도 마음을 터놓을 수 있는 친구가 한 명 있다. 그를 만나면 그제야 가슴속 응어리져 있던 아픔도 순순히 내보여 줄 용기가 생긴다.

딱딱하게 굳어져 심연 아래로 내려앉았던
말로 내보일 수 없는 부끄러운 상처이거나
말로는 표현이 안 되는 아픈 상처들이
따뜻한 그에게로 가기 위해
언어로 치환되는 순간!
돌덩이처럼 굳어졌던 것들이 순순한 내 살점으로 되돌아오고
그제야 부드러운 위로가 내 몸을 채운다.

내 상처를 말로 내보일 수 있는 사람이 있다는 것은
얼마나 큰 축복인가?

죽음에 관한
원데이클래스

알고 지내던 후배의 모친상 연락을 받고 가는 길이다.

어린 자식 둘을 데리고 친정엄마와 살고 있던 후배인데 어머니를 잃었다니 슬픔이 이만저만 아니겠다 싶어 나조차 발이 동동 굴러진다.

할머니를 무척 좋아해서 잘 때는 꼭 할머니 품을 찾아 들어갔다던 막내 꼬맹이는 그날 저녁만은 잠자리에 들기 전에 베개를 안고 들어와 "나 무서워 엄마랑 잘래." 하며 젊은 엄마의 품으로 들어왔단다. 젊은 엄마는 두 아이를 품고 잠을 청했고, 다음날 일어나 보니 나이 드신 엄마는 돌아가신 채 홀로 누워계셨다고 했다.

장례식장에 도착하고 지하 계단을 내려가 후배 어머님이 모셔진 곳에 도착했다. 신발을 가지런히 벗어놓고 상주와 인사를 마친 후 영정 앞으로 간 순간 나는 다리가 풀렸다.

딱! 내 나이 또래에 흔히 볼 수 있는 단발 커트를 깔끔하게

친 맑은 얼굴이 영정사진 안에 박제되어 있었다. 영정사진 안에서 웃고 있는 얼굴이 내 얼굴로 오버랩되었다.

나는 내 영정사진을 바라보고 있었다.

말로 꺼내 놓을 수 없는 감정들이 내 목을 조르듯이 달려들었다. 우리 아이들도 이런 마음으로 내 영정사진을 들여다보고 있겠구나 싶은 생각을 하니 푹하고 주저앉을 것처럼 무릎에 힘이 풀렸다.

나도 벌써 죽음을 염두에 두어야 하는 나이가 된 것이구나. 벌써 여기까지 왔구나.

앞으로는…
하루하루를 꾹꾹 눌러 살아야겠다고!
어영부영은 더 이상 안 된다고!
미워하지 말고 사랑하는 마음만 갖겠다고!
감사하는 마음으로 살겠다고!
그렇게 다짐했다.

염치없게도 남에 장례식에서 예행연습 해보느라
그 자리에서는 미처 빌지도 못한
고인의 명복을 이제야 빕니다.
저는 덕분에 아주 조금은 열심히 살고 있습니다.
부디 영면하소서.

우문현답

벌써 12월하고도 며칠이 더 지났다.

연말이 다가올수록 마음이 초초해 졌다.

이럴 때는 해가 넘어가기 전 뭐라도 하려고 기를 쓰게 되는 때이다.

수영을 마친 우리는 차를 한잔하고 있었다.

나는 우리 클래스의 정신적 지주에게 여쭀다.

벌써 연말이 다가오는데 뭘 하면 가장 좋겠냐고.

그녀가 말했다.

"가장 좋은 거? 그건 가장 하고 싶은 걸 하는 거지!"

하소연하듯 해본 소린데 귀한 현답을 보내왔다.

책 속에서
얻은 위로

물리학자가 쓴 《관계의 과학》이라는 책에 이런 내용이 있다.

한 사람이 커다란 바위를 밀고 있다.

바위는 꿈쩍도 하지 않는다.

이번엔 두 사람이 밀어본다.

이번에도 단 1cm도 움직일 수 없었다.

다시 열 사람이 밀어본다.

여전히 움직이지 않는다.

마침내 여럿이 힘을 모아 결국 바위가 움직였다.

이처럼 바위를 움직일 수 있는 사람의 숫자에는 '문턱값'이 있다고 한다.

이 문턱값을 넘어야만 비로소 새로운 일이 벌어진다. 그러나 그 이하의 값에서는 효과가 없는, 다시 말해 아무일도 벌어지지 않는 경계치가 바로 문턱값이라는 거다.

살다보면 노력을 기울여 보지만 될 기미가 없는 일들이 있다.

그런 일들이 벌어질 때마다 내가 능력이 없거나 해도 안 될 일이라며 포기했었다.

그러나 문턱값이라는 상식으로 보니 아무런 변화 없음의 그 시간 역시도 분명한 성장의 시간이었다. 단지 문턱값에 이르지 않았을 뿐이다.

백 번 천 번 만 번 괭이질을 하던 채굴꾼이 바로 눈앞에 보이는 곳을 '딱! 한 번'만 더 괭이질하면 보석을 발견할 수 있는데 그 마지막 괭이질 앞에서 여기에 무슨 보석이 있겠냐며 괭이를 집어 던졌다는 이야기가 생각난다.

어쩌면 신은 우리 모두에게 하면 된다는 능력을 심어 주셨으리라. 그러니 끝까지 하는 끈기만이 우리의 몫이다.

큰스님의
중노릇

 불교 관련 포럼이 있어 명상을 같이하는 도반들과 데스크에서 행사 안내를 도와준 적이 있다. 해마다 열리는 행사라고 하는데 나는 처음으로 참석하게 되었다. 오시는 분들을 행사장으로 안내해드리고 책 구매를 원하시는 분께는 데스크에서 책도 판매했다.

 일반인은 물론 많은 스님께서 참석하셨다. 어느 분이 큰스님일지 몹시도 궁금해서 눈치코치를 발휘해 스님들께서 오실 때마다 '저분인가? 저분인가?' 하며 촉을 세우고 있었다.

 시간이 어느 정도 지나고 자리가 제법 차고 있을 무렵 노스님께서 서너 명의 보호를 받으며 들어오셨다. 스님을 뵙자마자 '아! 저분께서 활성 스님이시구나.' 싶었다. 이런 표현이 괜찮으려나 모르겠지만 어린아이가 법복을 입고 들어오는 것만 같았다. 저 연세에 어떻게 저런 표정이 가능할까 싶었다.

 스님을 알아보는 사람들이 가까이 가서 인사를 드릴 때마다 마냥 신난 어린아이처럼 아주 아주 반갑게 인사도 받아주시고 인사말도 건네셨다.

카이스트 명상과학연구소 미산 스님을 좌장으로 식이 시작되었다. 몇몇 분의 축사가 끝나고 드디어 큰스님께서 마이크를 잡으셨다.

"나는요, 지금도 중노릇을 어떻게 해야 하는지 잘 모르겠어요. 어떻게 해야…, 내가 부처님 밥값을 할 수 있을지…, 아직도 모르겠어요…"라는 말로 말문을 여셨다.

그 말씀을 듣는 순간 가슴속 깊은 곳에서 지극한 공경심이 우러나왔다. 스님께서는 경봉 스님께 계를 받으시고 부처님의 원음을 우리말로 담아내는 작업을 30년간 해오신 분이신데 아직도 중노릇을 모르겠다고 하시니 절로 고개가 숙여졌다.

체리 향기

*

고단한 내 인생을 끝마치기로 마음먹은 날이 바로 오늘이다.
내 몸 누일 곳도 파 놓았으니 더는 걱정할 것 없다.

마지막 할 일은 저쪽 세상으로 가고 없는 주인을 기다리는 내 육신 위로 주인은 더 이상 오지 않을 테니 너마저도 편히 쉬라고 대여섯 삽의 흙을 덮어줄 인정 어린 누군가의 일손이 필요했다.

모아 놓은 수면제 한 줌은 그 일손이 당도하기 전 나를 어두 컴컴하고 차가운 저쪽 세상에 당도하도록 도울 것이다. 수차례 머릿속으로 돌려 본 것이니 그르칠 일은 없다.

나는 트렁크 안쪽에 가방을 하나 넣어두었다. 돈으로 가득 채 워진 낡은 가방. 내 죽음을 완결지어줄 그 일손에게 줄 답례품 이다. 부디 내가 준비한 것이 그 일손에게로 가서 그의 밥이 되 고 살이 되고, 즐거운 삶이 되었으면 좋겠다. 그것 말고는 이 세 상에 더는 바랄 것이 없다.

나는 이른 아침 낡은 랜드로버를 타고 시내로 나갔다. 벌써 새벽시장에는 많은 인부가 나와 있었다. 시키는 일은 뭐든지 하겠다며 자신의 노동력을 팔기 위해 나를 향해 거침없이 말을 걸어오고 있었지만 그들은 하나같이 공허해 보이는 눈동자를 매달고 있었다. 일손에게 지불한 상당한 액수의 돈이 있으니 급할 필요는 없다. 이 돈이면 어디서든 쉽게 구할 수 있을 것이다. 나는 차를 돌려 새벽시장을 빠져나왔다.

그러나 내 생각과는 다르게 일이 점점 어렵게 말려들어 갔다. 먼지가 뽀얗게 앉은 공중전화 부스에서 한 청년이 통화하고 있었다. 매우 난처해 보이는 말이 오가는 걸 보니 돈이 갈급한 처지였다. 어쩌면 내가 찾는 사람이 바로 이 사람인 듯싶었다. 통화를 마친 그를 따라가 돈이 필요한 것 같은데 나를 도와준다면 그것을 해결해 줄 수 있다고 말했다. 놀랍게도 돌아오는 대답은 거친 막말이었다.

다시 천천히 차를 몰고 외곽으로 향했다. 건너편 언덕에서 쓰레기를 줍는 청년이 눈에 들어왔다. 플라스틱이며 병들을 주워 고물상에 넘기고 받은 돈을 가족에게 보내주는 애달픈 인생이었다. 그가 하루 종일 모아서 팔아도 손에 쥐어지는 돈은 너무 적은 금액이라 가족에게 보내기는커녕 그의 입 하나 먹기에도 부족해 보였다. 나는 진심으로 그에게 도움이 되고 싶었다. 내가 부탁한 것을 해주면 많은 돈을 주겠다고 부드럽게 말을 건네

보았으나, 그는 어떤 일인지조차 묻지 않았다. 폐지를 줍는 거 말고는 할 줄 아는 게 없다는 말만 반복했다. 그는 정말 줍는것 말고는 아무것도 할 생각이 없는듯 했다. 그의 몸을 돌보고 그의 삶을 돌보는 일조차도.

벌써 정오가 지나고 저녁 시간이 다가오니 마음이 조급해진다.

차 옆으로 한 군인이 걷고 있었다. 나는 그를 태웠다. 그는 부대로 들어가는 중이며, 차비가 없어 아주 먼 길을 걸어왔다고 하며 숨을 몰아쉬었다. 내가 이 젊은 군인에게 도움이 될 수 있으리라. 부대 복귀전 잠깐 주변을 돌아보지 않겠냐며 내가 파놓은 구덩이로 차를 몰고 가 그에게 내 계획을 이야기했고, 그가 해줄 일을 차분하게 설명해 주었다.

나는 오늘 밤 여기 와서 수면제를 먹고 누워 있을 거야. 그러니 자네는 내일 아침에 와서 내 이름을 세 번 부르고 내가 대답하지 않으면 흙으로 나를 덮어줘. 대여섯 삽이면 충분할 거야. 그리고 차에 있는 돈을 가지고 떠나면 돼. 혹시! 내 이름을 불렀을 때 내가 대답을 하거든, 나를 일으켜 꺼내줘. 그럼 내가 뒷 좌석에 실린 돈을 줄게.

너무도 간단한 이일을, 그는 절대로 할 수 없다고 했고, 해서는 안 되는 일이라고 말했다. 그는 내가 파놓은 구덩이를 지나 그의 부대가 있는 곳을 향해 길도 없는 곳으로 진저리치며 도망쳐 달아나버렸다.

이번엔 운이 좋게도 외롭고 가난한 신학도를 만났다. 그러나 그는 신이 보시기에 합당한 일만 한다고 말하면서 나의 계획이 잘못된 것임을 몇 번이고 짚어 주었고, 내가 마음을 돌리도록 설득하려 했다.

오늘은 내 생의 마지막 날, 내 죽음을 도와줄 일손은 아침 일찍, 진즉에 매듭지어놓고 오후에는 약간의 감상으로 내 생을 뒤돌아보고, 늦은 밤 정해진 자리에 눕고 싶었으나, 일이 뜻대로 되지 않고 있다.

나는 노인을 차에 태웠다.
박제사였고 박물관으로 가는 길이라고 했다.
나는 그곳까지 데려다주겠노라고 했다.
천만다행으로 이 노인은 내 청을 수락해 주었다.
이제서야 마음이 놓였다. 드디어 내 생을 계획대로 마감할 수 있게 되었으니 오늘 일어난 일 중 가장 운이 좋은 순간이었다.
노인은 내 부탁에 화를 내지도 겁을 내지도 않았다.
노인이 이야기했다. 그도 한때 인생의 무게를 견딜 수 없어 새벽에 일어나 밧줄을 차에 싣고 한참을 달렸다고. 도착한 곳에는 커다란 나무가 있었고, 나뭇가지 위로 밧줄을 던졌지만 고정되지 않았다고 했다. 그는 하는 수 없이 밧줄을 매기 위해 나무 위로 올라갔다. 그 순간 어둠 속에서 그의 손에 물컹한 것이 잡혔다.

체리였죠.
탐스럽게 잘 익은 체리였어요.
그걸 하나 먹었죠. 과즙이 가득했어요.
그리곤 두 개, 세 개를 먹었어요.
그때 산등성이에 태양이 떠올랐어요,
정말 장엄한 광경이었죠.

그리곤 학교에 가는 아이들의 소리가 들렸어요.
그 애들은 가다 말고 서서 날 쳐다보더니
나무를 흔들어 달라고 했어요.
체리가 떨어지자 아이들이 주워 먹었죠.
전 행복감을 느꼈어요.
그리곤 체리를 주워 집으로 향했어요.
체리가 내 생명을 구했어요…
난 자살하려고 나왔지만 체리를 보고 마음을 바꾸었어요.
평범하고 보잘것없는 체리 한 개…

노인은 계속 이야기를 했다.

사계절을 생각해 봐요.

계절마다 가지각색 과일이 있죠.

여름 과일이 있고 가을 과일이 있어요.

겨울엔 또 다른 과일이 나오고 봄도 마찬가지예요.

아무리 훌륭한 엄마도 그렇게 갖가지 과일을 준비하진 못해요.

어떤 엄마도 그렇게 잘하진 못해요.

하지만 신께선 우리에게 온갖 과일을 내려주셨어요.

그걸 거부할 수 있어요?

전부 포기하고 싶은가요?

체리 맛을 포기하고 싶어요?

그러지 말아요. 친구로서 이렇게 부탁합니다.

나는 계속 노인의 이야기를 듣고 있었지만 아무 말도 하지 않았다. 그가 일하는 박물관에 도착했다. 나는 한 번 더 노인에게 내일 와서 할 일을 상기시켰고 노인은 약속을 지키겠노라고 했다.

이제야 일단락이 되었다. 더는 할 일도 없고 더는 바랄 것도 없다.

노인을 내려주고 오는 길에 차창 밖으로 한 여인이 내 쪽으로 달려오더니 카메라를 내밀며 사진을 한 장 찍어달라고 했다. 그녀는 연인이 있는 쪽으로 다시 갔고 그 둘은 다정하게 어깨를 기대고 선 채로 나를 보며 포즈를 취하고 있었다. 그들에게 카메라를 전해 주고 나는 급히 차를 돌렸다.

나는 그 노인을 만나야만 했다.

황급히 차를 돌려 노인을 내려준 곳으로 다시 돌아갔다.

박물관 입구에 차를 세우고 노인이 있는 곳을 향해 뛰어갔다.

급히 전할 말이 있다. 너무도 중요하고 너무도 다급한 일이었다. 가슴이 뛰고 가쁜 숨이 몰아쳤다.

그는 아이들을 데리고 박제 수업을 하고 있었다.

나는 초조함을 이기지 못하고 수업 중인 그를 불러내었다.

그리고 말했다.

내일 오실 때 돌멩이를 두 개 가지고 와주세요.

제 이름을 세 번 불렀을 때 대답이 없으면 돌멩이를 던져보세요.

제가 혹시 잠이 들은 것일 수도 있으니까요

그래도 안 깨어나면 내 어깨를 흔들어 보세요…

노인은 그렇게 하겠다고 했고 돌멩이 두 개가 부족할 수 있으니 세 개를 챙겨오겠다고 했다.

나는 돌아오는 길에 운동장에서 뛰어노는 아이들의 움직임을 보았다. 그 아이들은 재잘거리며 웃기도 하고 뛰기도 하였다.

생명이 펄펄 날아다니고 있었다.

손만 내밀어도 커다랗고 어마어마한 생명이 내 손에 턱 하고 걸릴 것만 같았다.

벤치에 앉아 태양이 지는 일몰의 장엄함도 보았다.

한 번도 느끼지 못했던 감정들이 내 마음을 유영했다.

이윽고 밤이 되었다.
나는 내가 마련해 놓은 자리 위로 수면제를 먹고 누웠다.
단 한 뼘의 사치도 하고 싶지 않았고 내 육신을 덮어줄 일손의 노고를 덜기 위해 내 몸에 꼭 맞는 구덩이를 팠다.
그러므로 조금도 움직일 수 없는 그곳에서 나는 반듯하게 누운 채로 하늘에 떠 있는 달을 보았다.

나는 도저히 눈을 감을 수가 없었다.
밤하늘이 너무 아름다웠기에.
살아있다는 게 너무 벅찼기에.

*

위의 내용은 압바스 키아로스타미 감독의 《체리 향기》라는 영화의 내용이다.
이 영화의 백미는 노인의 이야기가 시작되는 때부터이다.
노인은 그에게 돌아가는 길이긴 하지만 아름다운 길이 있으니 그쪽으로 가자고 권한다. 그때부터는 황량하고 척박한 길이 아니라 풀이 있고 나무가 있고 샘이 있는 길이 나온다.
그 아름다운 길을 지나며 노인이 말했었다.

당신이 가도 나는 당신의 친구이며
당신이 남아도 나는 당신의 친구라고!

감독은 현실감을 위해 영화 처음부터 끝까지 배경음악을 단
한 곡도 넣지 않았다.
주연배우는 횡단보도에서 무심코 신호를 기다리고 있던 건축
가를 캐스팅하였고, 극 중 인물의 대부분을 새벽 인력시장에서
확보하였다고 한다.
영화에는 주인공 남자가 왜 죽으려 하는지 이유조차 밝히지
않았다. 감독이 우리에게 공개한 것은 '바디'라는 그 남자의 이
름뿐이었다. 그 남자의 이름만 알고 있는 채로 우리는 그의 낡
은 랜드로버 뒷좌석에 앉아 죽음을 결심한 한 남자가 겪는 하
루를 지켜보는 것이다.

죽음이라는 단어를 통해 삶이 얼마나 아름다운지를 찬미한
영화라고 생각되었다.
그에게 수면제는 이생을 마감하고자 하는 다짐이 아니라
이생을 다시 시작하고 싶다는 열망이었다.

내 인생 영화라고 꼽을 수 있는 《체리향기》
2020년, 나는 이렇게 보고 이렇게 느꼈노라고 글로 옮겨 보
았다.

하얀 눈길 위로
나란히 찍힌
부부의 발자국

그리운 바다
성산포

"우리 여행은 제주도로 가면 어떻겠어?"

신혼여행을 제주도로 간다니 안될 말이다.

그때 나는 이국적인 여름 낭만이 쏟아져 내리는 야자수 나무 아래 있었다. 챙이 넓은 모자까지 눌러 쓰고 단꿈에 젖어있는 내 머리 위로 굵은 야자열매가 툭 하고 떨어지는 소리였다.

대여섯 시간이면 한겨울을 벗어나 낭만이 철철 넘치는 여름 나라로 갈 수 있는데 이 환상적인 여행을 포기할 수는 없다. 어떻게든 말려 보자.

그때만 해도 제주도 패키지 금액이 동남아보다 더 비쌀 때였으므로 여행 경비도 아낄 겸 해외로 나가 보자고 다시 졸라봤다.

하지만 그는 여간해서 고집을 꺾지 않았다. 큰돈은 아니지만, 이 돈을 나라 밖에서 쓰는 것보다 안에서 쓰는 게 의미 있지 않겠냐고 했다. 작지만 이런 것이 나라에 힘을 보태는 일이라며 한사코 제주도를 고집했다.

신혼여행지에서의 이른 새벽.

그가 나를 깨웠다. 나는 아직 잠이 눈꺼풀에서 떨어지지도 않고 있었다. 두꺼운 코트에 목도리까지 두르고 나서 비몽사몽으로 그를 따라나섰다. 차를 몰아 성산 일출봉에 도착한 그가 약간 상기된 목소리로 곧 해가 뜰 테니 어서 나가 보자고 했다. 하지만 밖은 너무 추워 보였다. 나는 차에서 자고 있겠다고 하면서 나가지 않았다. 몇 번을 권하던 그도 지쳤는지 결국 다른 곳으로 차를 돌렸다.

그렇게 이십 년 세월이 흐른 어느 해의 봄.

촘촘한 강의 일정으로 정신없이 보냈다. 봄이 오는지 가는지, 꽃이 피는지 지는지도 모르게 바삐 지내다 보니 어느새 6월. 나는 잠깐 숨이라도 쉬고 올까 싶어 제주도로 향했다.

정해진 일정 없이 떠난 것이기에 마음 가는 대로 다닐 것이지만 그때의 미안함 때문에 성산 일출봉에는 꼭 한 번 올라야지 했다.

제주도에 도착한 나는 성산포 쪽으로 이동했다. 게스트하우스 주인이 안내해준 방으로 들어가 보니 제주도 바다처럼 파란 벽지에 하얀 콘솔 그리고 파란 침대보가 씌워진 예쁜 방이었다. 나는 가져간 책을 조금 읽다가 새벽 일출을 보기 위해 일찍 잠자리에 들었다.

하지만 아직은 일출을 볼 운명이 아닌가 보다. 8시가 다 되어서야 겨우 일어나 아침 해를 머리에 이고 일출봉으로 향했다. 표를 끊고 어느 정도 올라가다 보니 젊은 남자들이 지구를 밀어내듯 당찬 발걸음으로 산을 오르고 있었다. 쳐다보는 것만으로도 힘이 나고 미소가 절로 지어졌다. 이 호사를 누리려고 내가 늦잠을 잤나 보다. 나는 그렇게 수학여행 온 남학생들과 함께 무리 지어 일출봉에 다다랐다.

봉우리를 밟고 서서 아래를 굽어보았다. 아무 거리낌 없는 푸른 바다가 열두 폭 치맛자락처럼 길게 펼쳐져 있었다. 가쁜 숨이 저절로 내려앉았고 그 자리에 파란 바닷물이 채워졌다.

눈 앞에 펼쳐진 풍광을 몇 장을 찍어 이십 년 전에 보았어야 했을 그에게 보내어 주었다. 이내 그로부터 쏟아지는 칭찬이 들어왔다. 기분이 좋아진 나는 콩콩거리며 점심을 먹으러 갔다.

제주도에 가면 꼭 그 집 고등어회를 먹어야 한다는 후배의 말 때문에 '그리운 바다 성산포'라는 예쁜 이름의 식당으로 갔다. 들어가자마자 야심 차게 고등어회를 시켰지만, 2인부터 주문 가능하단다. 사장님은 1인이 먹을 수 있는 다른 메뉴를 친절하게 권해 주셨지만, 그 말이 귀에 들리지 않았다. 나는 원래 내가 듣고 싶은 말만 듣는 사람이다.

고등어회 2인분을 시켰다.

'술은 내가 마시는데 바다가 취한다.'라는 이생진 시인의 말이 떠올라 소주도 한 병 시켰다. 엄청나게 푸짐한 상이 내 앞으로 차려졌다. 아주 정갈한 상차림이다. 나는 이런 상차림이 좋다.

흥분하지 말자. 어차피 다 내꺼다.

머리가 좋은 나는 고등어회를 집중적으로 공략하며 어마어마한 상을 차근차근 조져 나갔다. 담백한 맛에 쫄깃한 식감이 죽여주는 맛이다. 혀가 기뻐 춤출 때 무심한 듯 소주 한잔을 내려보내니 입에서는 교향곡이 울려 퍼지고 머리에선 골든벨이 울렸다. 비빔밥이나 하나 먹고 가겠지 했던 육지 손님이 2인 상을 거덜 내는 걸 보신 사장님께서 놀라 입을 다물지 못하신 채로 한라봉 하나를 건네주셨다. 알알이 터지는 그것마저 차곡차곡 밀어 넣고 나서야 밖으로 나왔다. 나머지는 위(胃)가 알아서 할 일이다.

자, 이제 어디로 간다?

일주일 정도 머물 계획이었지만 성산 일출봉에도 올라보고 뱃속에는 소주에 절인 성산포 고등어가 농익고 있으니 더는 할 일이 없었다. 예전엔 혼자만의 여행이 외롭지 않았는데 나이를 먹어서 그런지 이번 여행은 시시때때로 외로움이 달려들었다. 일주일 정도 보낼 생각으로 왔지만, 계획을 접고 결국 3일 만에 집으로 돌아가는 비행기에 앉았다. 그날 나는 집으로 돌아가는 길이 아니라 어쩌면 그를 데리러 가는 길이었을지도 모르겠다.

그와 함께 다시 그리운 바다 성산포로 올 것이다. 그때는 새벽에 그가 깨우더라도 투정을 부리지 않겠다. 그가 깨우는 소리에 일어나 맑은 물에 얼굴을 씻고 부지런히 따라나설 것이다.

배차적
잡솨 보셨니껴?

해마다 설이 다가올 때면 검은색 두루마기를 입고 수업을 하시는 선생님이 계셨다.

호탕하면서도 다정다감한 경상도 총각 선생님이셨다. 시원시원한 웃음이 너무 좋았고, 수업을 마치고 복도를 지나가실 때마다 흩날리는 옷고름이 황홀했다. 번듯한 집 자손 같은 그 느낌이 좋아서 나는 꼭! 선생님 같은 경상도 남자랑 결혼하겠다고 생각했었다. 그런데 운명의 장난인지, 장난의 운명인지 몰라도 경상도 남자를 만나 결혼을 하게 되었다. 물론 얼마 안 가서 이 사단의 발단이 되었던 경상도 선생님이 너무너무 원망스러웠지만 내가 좋아 결혼을 했으니 선생님만 탓할 수는 없는 노릇이다.

결혼하고 나니 할머니 세대분들께서 서로의 이름 대신 '부산댁', '전주댁'하고 출신지로 부르는 것이 꽤 합리적이었다는 것을 알게 되었다. 출신지가 다르니 서로 이해할 수 없는 말이나 행동을 하더라도 어느 정도는 감안이 되었으리라. 나 역시 경상도에 가보니 모르는 것 투성이여서 그쪽으로부터의 세심한 배려가 필요했다.

언어부터가 너무 달랐다. '골곰 짠지', '속세 짠지', '갱시기', '씨겁다', '꼬롬하다' 등등 알아들을 수 없는 말 천지였다. 주방에서 미역국을 끓이던 내가 간장이 필요해서 마당에 계신 어머님께 여쭤보았다.

"어머님, 간장 어디 있어요?"

"뭐라?"하고 다시 물으시길래 여기서는 간장을 다른 말로 하나보다 싶어서 상세하게 풀어서 큰 소리로 말씀드렸다.

"어머님, 우리나라 사람들이 먹는 전통. 한국. 간장이요!"라고 말했더니 어머님께서 막 웃으셨다. 경상도에서도 '간장'은 '간장'이었다. 괜한 것에 힘을 썼다.

내가 가장 놀라웠던 것은 시댁의 명절 풍속이었다.

친정에서는 산 사람의 노고와 오셔서 흠향하실 귀신 간 쌍방 입장을 고려하여 적당한 선에서 음식을 장만했다. 그러나 시댁에서는 흠향하실 분들을 지극히 염려하여 굉장한 상차림을 하셨다. 그토록 어마어마한 차례상 규모에 기함했다.

두 번째로 놀란 것은 경상도 사람들의 못 말리는 배차적 사랑 때문이었다. 처음 맞는 설 명절을 지내기 위해 앞치마를 두르고 큰댁에 가니 한눈에 들어오는 큰~~~ 방티가 주방 한가운데 놓여 있었다. 거기에는 배춧잎이 포개어져 산더미처럼 쌓여 있었다. 겉절이를 하시려나 생각했다. 아무리 사람이 많아도 그렇지 이렇게나 많이 하시나 싶었기에 자꾸 그쪽으로 눈이 가고 있었다.

그런 상황에서 큰댁 형님과 동서 두 명이 커다란 배추 총(塚)을 두고 나란히 둘러앉더니 앞에 놓인 각자의 전기 팬에 기름을 두르고 있었다. 물론 명절에는 고소한 기름 냄새가 진동하는 부침이 빠질 수야 없다. 하지만 전기 팬을 한 사람씩 차지하고 앉은 것도 대단한데 더욱 놀라운 것은 겉절이 감이라고 생각했던 그 많은 배추로 부침을 하는 것이었다.

이게 무슨 일인가 싶어 어안이 벙벙했다. (겉절이가 아니라 부침이라니요?) 친정에서는 배춧잎을 부침으로 쓸 때면 손바닥만 한 아기 배춧잎 위에 두부와 고기 다진 것을 얹은 후 밀가루와 달걀 물 등 여러 공정 과정을 거친 후 두툼하게 부쳐 내었다. 그런데 지금 형님과 동서들은 커다란 배추 이파리에 밀가루 반죽만 날름 입힌 채로 팬에 지져내고 있었다. 먹을 게 지천인 요즘 사람들에게는 분명 입에 댈 것도 못 될 텐데, 도대체 저걸 다 어쩌려고 그러시는지 어지간히도 염려스러웠다.

어마어마한 진풍경이 연달아 벌어지는 이 낯선 대회장에 처음 선수 입장한 나는 내 몫의 전기 팬을 차지하지 못했으니 앉아 있을 팔자가 못 되었다. 눈치코치 세워가며 이리저리 가고 오기를 반복하며 잔심부름을 했다. 그러는 사이 형님과 동서들은 수북이 쌓여 있던 것을 기어코 다 해치우고 나서야 자리를 털고 일어났다. 대단한 분들이다.

도모(圖謀)하신 배추 대첩을 잘 치른 형님은 흡족해하시며 막걸리 한 병을 몰래 챙기시더니 잔심부름을 하던 조무래기 앞치마를 몰고 창고로 갔다. 가서 보니 동서들은 그놈의 배차가 지긋지긋하지도 않은지 접시에 배차적을 담아왔다. 아무래도 그것은 안주가 될 모양이었다. 어르신들께 들키면 안 된다고 해서 대장이 시키는 대로 소리도 내지 못하고 막걸리를 한 잔씩 조용히 나누어 마셨다. 엄청난 노동 후에 음주는 아주 꿀맛이었다. 더구나 그렇게 맛있는 막걸리는 내 생전 처음이었다.

형님과 동서들은 음주 후 약속이나 한 것처럼 배차적을 한입씩 입에 넣었다. 내 입속에는 풍미가 있는 막걸리 잔향이 아직 남아있는데 이 타이밍에 밀가루옷을 대충 뒤집어쓴 저걸 집어넣어야 하는 게 한심했다. 이게 무슨 맛이나 있겠냐는 생각이 들었지만 나도 이제 이 집 귀신이 되겠노라는 동맹의 의미로 한입 털어 넣어 보았다. 어머나 세상에!
심 봉사가 눈을 뜨고도 남을 맛이었다. 이만하면 왜 그렇게 전쟁터에 식량 조달하는 아낙들처럼 배추 총(塚)을 파내고 있었는지 알고도 남을 맛이었다.

그 남자의
커피나무

    경상도 양반이 모임에 다녀오더니 조그만 나무가 심어진 화분을 애지중지 들고 왔다.

    특별히 예쁘지도 않았고 꽃이 피어 있는 것도 아니므로 애지중지는 너무 과하다 싶었다. 그는 그 귀한 것이 커피나무라고 말해주었다. 누가 듣기라도 하면 소중한 것을 빼앗아 가기라도 할 듯이 비밀스럽게 이야기했다.

    그렇게 남자의 각별한 엄호 아래 들어온 커피나무는 여자가 키우고 있는 다른 화초들을 제치고 가장 좋은 자리를 차지하고 앉았다. 그러나 눈치가 없는 것인지 아니면 뭐가 부족한 게 있어서 그러는지 이렇다 할 성장의 기미를 보이지 않았다.

    지인들끼리 나눠 가진 다른 커피나무는 꽃도 피고 열매도 맺었다나 보다. 그러나 남자의 커피나무는 3년이 지났는데도 크기만 조금씩 자랄 뿐 꽃도 열매도 없이 매양 그랬다. 커피나무로 은혜를 베푸신 분께 하소연했는지 아쉬운 소리를 했는지 이번엔 제법 큰 커피나무가 심겨진 커다란 화분이 들어왔다. 신기하게도 올가을에 그 나무에서 꽃이 매달렸다.

아주 작고 하얀 꽃잎이 여러 개씩 겹쳐져 있었고 나란히 쌍을 이루어 피어 있었다. 코를 갖다 대어 보니 아름다운 향기를 내고 있었다. 너무 어여쁜 데다가 향기까지 그윽하여 그 앞에서 코를 벌름거리고 있는 내가 송구할 정도였다. 하얀 꽃이 매달렸을 때부터 부부는 인사를 아껴 꽃에 죄다 베풀어 주었다. 그렇게 한참이나 애정 어린 아침 인사를 받아먹던 꽃이 어느 날 져버리고 말았다.

얼마 후 그 속에서 아주 작은 초록빛이 새어 나왔다. 꽃 진 자리를 살짝 밀쳐내 보니 쌀 톨만 한 초록 열매가 짝을 이루어 방울방울 매달려 있었다. 기특하고 기특하도다.

남자에게 소리쳐 소식을 알렸더니 그는 금방이라도 울 것처럼 기뻐했다. 제가 살던 곳에 비하면 태양도 부족하고 공기도 차가웠을 텐데 화려한 진통 후에 이렇게 열매까지 순산했으니 감동스러웠다.

그런데, 열매가 매달린 지 벌써 두 달이 다 되어가는데도 아직도 익어가는 기미가 없다. 그의 조상이 단 한 번도 겪어보지 않은 이 낯선 환경에서 저 스스로 열매를 어떻게 익혀야 할지 몰라 안절부절못하는 것만 같다. 게다가 날씨도 추워졌고 태양도 힘을 쓰지 못하고 있으니…. 저 혼자 안간힘을 쓰며 버티는 저 생명이 안쓰러워 더는 못 보겠다.

커피나무의 꿈

처음 보는 아저씨가
나를 애면글면하며 어디론가 데려갔다.
뭐라고 이야기하는 것 같긴 한데
알아들을 수 없는 노릇이다.
나는 아직 내 고향 말도 떼지 못하고 왔으니
그것을 참고해주면 좋겠으나
아저씨는 포기라는 걸 모르시나보다.

계속 이어지는 아저씨의 주절거림에 깜빡 잠이 들었다.
내가 눈을 떴을 때는 어떤 아주머니가 나를 보고 있었다.
아저씨도 나란히 서 있는 걸 보니 안심이 되었다.
아저씨는 좀 귀찮긴 해도 만만해 보였는데
아주머니는 고집 깨나 있어 보인다.
여기서 어떻게 살아남아야 할지 생각 좀 해봐야겠다.

아저씨는 아마 허당일 것이다.

그러니 아주머니에게 잘 보이는 편이 좋겠다.
아저씨는 변함없이 나에게 쩔쩔매며
여전히 나를 아꼈지만
뭐가 바쁜지 아침저녁만 코빼기를 내비쳤고
아주머니는 생각보다 관대했으니
부족함 없이 지낼 만했다.

가을볕이 제법 무르익고 있을 때 즈음
내 몸속을 흐르는 우월한 유전자가
보란 듯이 꽃을 피웠다.

그날부터
부부가 번갈아 달려들며
코를 갖다 대는 통에
식겁했다.

더구나
아주머니는 시도 때도 없이
코를 벌름거리며 서 있었다.
여기서는 이게 인사인가 보다.

자!

이번엔 열매를 내놓을 때다.
몹쓸 진통이 수도 없이 찾아와
예쁜 꽃들이 새까맣게 타버렸지만
그 자리에
초록 열매들이 자리 잡고 앉았으니
더 바랄 게 없다.

고향의 부모님이 보셨다면 얼마나 좋아하셨을까.
나는 오랜만에 잊고 있던
고향의 노래를 나지막히 불러 보았다.
내 노랫소리를 듣고 왔는지
아주머니가 눈을 동그랗게 뜨고
지금 막 앉혀놓은 초록 열매를 보더니만
숨넘어갈 듯 안에 대고 소리를 쳐댔다.
곧이어 아저씨가 울며불며 뛰어나온다.

다음달에는 아저씨 아주머니에게 잘 말씀드려서
고향에 한 번 다녀와야겠다.
아직 작고 여린 열매들에게 보여주고 싶다.
붉은 태양 아래 끝없이 펼쳐진 아름다운 낙원을…

우리 할머니와
윤서방

　우리 할머니 순목댁은 아주 아주 가난한 집 장남에게 시집을 오셨다.

　동서네 집은 크게 어물전을 했는데 매일 벌어들인 돈을 새벽 3시까지 세어야 했을 정도로 부자였다. 먹고 살 길이 막막했던 할머니는 동서네 가게에서 생선을 떼다가 머리에 이고 나가 팔았고 나중에는 인삼을 이고 나가 청주며 강릉으로 팔러 다니셨다. 삼할머니라고 불리며 인심을 얻은 할머니는 얼마 안 되어 돈이 모이기 시작했고 그렇게 모인 돈으로 동네의 돈과 밭을 사들이셨고 대도시에 부동산을 마련하시는 큰손이 되었다.

　그러나 세월이 흐르고 나니 동서네 어물전 문은 닫혀졌고 그렇게 떵떵거리던 그 집 살림도 기울어져 갔다.

　그래서인지 할머니께서는 "음지가 양지 되고 양지가 음지 된다."라는 말씀을 자주 하셨다.

　어느덧 내가 결혼 적령기에 들어서자 아예 귀에 못이 박힐 정도로 말씀하셨다.

"양지가 음지 되고 음지가 양지 된다. 사람의 형편도 이렇게 바뀌는 것이니 사람 사귈 때 가진 것을 보지 말고 사람을 먼저 봐라. 사람만 똑똑하면 된다."

나는 할머니 말씀대로 사람 하나만 보고 골랐다. 할머니는 그런 윤 서방이라면 껌뻑하셨다. 파평 윤씨라면 알아주는 양반이니 귀한 집 자손이라고 추켜세워 주셨고 어르신을 대할 때 공손히 여기는 마음이 몸에 밴 태도며 낮고 굵직한 목소리 때문인지 믿음직스러워하셨다. 동네 입구에 어르신들이 계실 때는 윤 서방이 앞서나가 어르신들께 정중례하였고, 이야기꽃을 피우던 좌중은 조용해졌다.
할머니는 '이 잘생긴(?) 젊은이가 우리 손부야!'라는 우월감에 만연한 미소를 지으셨고 그렇게 집까지 걸어오는 그 길을 몹시도 즐거워하셨다. 아마 친구분께서 물으셨으면 어디 큰 회사에 다닌다고 하셨거나, 아주 크게 사업을 한다고 부풀려 말씀하셨을 것이다.(내가 그렇게 부풀려서 말씀드렸는지도 모르겠다.)

그나저나 나는 할머니 말만 믿고 결혼을 했는데 도통 음지가 양지 될 기미가 없다. 하소연할 줄 아셨는지 뒷감당도 안 해주신 채로 먼 곳으로 떠나버리셨다.

"조금만 더 살아봐라. 곧 양지 된다." 하시면서 웃고 계실 것 같다. 모쪼록 할머니 말씀처럼 이 이야기가 해피 엔딩이기를……

첫 딸을 낳고

출산 예정일이 하루 이틀 앞으로 다가왔다.

새벽 6시. 아기가 나오나 보다 싶어 자는 남편을 깨워 황급히 병원에 갔더니 양수가 터진 거라고 했다. 초산에다 양수 먼저 터졌으니 오래 걸릴 거라고 하면서 집에 갔다가 아침 먹고 천천히 다시 오라고 했다.

집에 돌아와 남편이 조심스럽게 뉘어준 대로 꼼짝 안 하고 눈만 껌뻑이며 천장을 바라보았다. 한 가지 설렘과 오만가지 두려움이 끝도 없이 밀려 들어왔다.

씻고 나오겠다던 남편은 욕실에 들어간 후 나올 기미가 없다. 우리 아기 입힐 옷이며, 소독된 젖병이나 침구 등 빠진 게 없는지 다시 한 번 확인해야 하고 몇 시쯤 다시 병원에 갈 것인지 상의도 해야 하는데 물소리만 계속 나고 있었다.

긴 시간이 지난 후 샤워를 마치고 나온 남편에게 울먹이며 화를 냈더니, 우리 아기 처음 만나는 날인데 아빠로서 잘 보이고 싶어 신경을 쓰느라 그랬다며 달래듯 말해줬다. 그러나 쉽지 않을 거라는 간호사의 말 때문인지 그도 어지간히 긴장이 되는 눈치였다.

'서른두 살의 그도, 스물여섯의 나도 너무 어린 아빠고 엄마였다.'

태교할 때 예쁜 아기 사진을 붙여놓고, 이런 눈, 이런 코, 이런 입술을 가진 아주 예쁜 아기를 낳게 해달라고 기도했다.
그러나 분만실에 들어간 어린 산모는 "하나님~! 부처님~! 천지신명님! 부디!! 눈, 코, 입 제자리에 달려있고 손가락 열 개, 발가락 열 개 붙어있는 성한 몸으로 태어나게 해주신다면 더는 소원이 없습니다."라고 계속해서 빌었다.

진통이 올 때마다 온몸을 뒤틀며 기를 쓰고 막아내려 했지만, 되질 않는다. 점점 진통이 심해지자 '손가락 열 개, 발가락 열 개의 기도문'은 나오지 않았다.
영원히 끝날 것 같지 않던 몸부림의 시간이 지나고 밤 10시 30분경이 되어서야 드디어 어린 생명의 울음소리를 들을 수 있었다.
12시간의 진통으로 땀이 범벅되어 온몸이 눅진해진 나는 있는 힘을 모아 아기 소리가 나는 쪽으로 고개를 돌려 보았다. 이제 막 태어난 어린 생명이 보였다.

'아직 여물지도 않은 내가 어떻게 저렇게 고귀한 생명을…,
어떻게 저렇게 작고 어린 생명이….'

어린 산모는 그 방에서 일어난 모든 일이 말할 수 없이 벅차
고 경이로웠으며, 저 생명을 위해서라면 못 할 일이 없겠다고 생
각되었다. 그 순간 고통 속에서 놓쳐버린 '손가락 열 개, 발가락
열 개의 기도문'이 생각나 퍼뜩 정신이 들었다.
  걱정스러움으로 간신히 입을 옴짝거려 손가락이 몇 개냐고
물었다. 모깃소리만 한 웅얼거림을 어떻게 들었는지 아빠가 된
그가 대답했다.
  손가락 열 개, 발가락 열 개 다 달려 있으니 걱정말라고, 아기
가 아주 예쁘다고, 고생했다고….

어쩌면 가장 위대한 기도는 가장 낮은 기도일지도 모르겠다.

종묘제례악을
들으며

나는 물건을 제자리에 두지 않고 무조건 늘어놓고 본다. 그래야 눈앞에 다 보이니까 찾기도 쉽다. 내겐 합리적이고 편리한 방법이지만 이런 패턴을 가진 사람들을 살림을 못 하는 축으로 쳐주는 것을 나중에 알았다.

그리고, 지금은 나아졌지만 우리 집에 오는 화초를 말려 죽인 적이 한두 번이 아니다. 살아있는 생명을 죽인다며 꾸지람하는 남편의 질책에 시도 때도 없이 물을 주었더니 뿌리가 곯아서 꽃들이 푹푹 쓰러져 가기도 했다.

게다가 바느질도 문제다. 아이들의 옷에 단추가 떨어지면 아무리 용을 써가며 칭칭 감아 돌려놔도 기어코 다시 떨어지고야 마니 그것을 집어 들고 세탁소에 가야지만 해결이 되었다.
한 번도 입지 않은 아이들의 옷을 철이 지나고 나서야 옷장에서 발견하기도 했다. 뒤늦게나마 꺼내어 아이들 가슴팍에 대보지만 벌써 품이 자란 아이에게 맞을 리 없다. 게다가 날이면 날마다 없어지는 양말짝 때문에 겨울철이면 한 짝씩 돌아다니는 녀석들이 차고도 넘쳤다.

이리하여, 우리 식구들은 나를 마이너스의 손이라고 불렀다. 그냥 하는 소리라고 생각했지만 나는 왜 이렇게 살림 솜씨가 없나 하고 주눅이 들기도 했다.

그러던 어느 날 TV에서 종묘제례악이 흘러나왔다.

"아니! 이 소리는!"

너무도 귀에 익은 소리였다.
마음마저 징 하게 울려오는 게 음악 이상의 감흥이다.
아! 이제야 알겠다.
나는 아마 무수한 전생을 궁에서 왕족으로만 살았나 보다.
단 한 번도 여염집에 태어난 적 없으리라.
그렇지 않고서야 이렇게 해도 해도 살림이 손에 익지 않을 수가 있냔 말이다.

손이 큰 여자

남편이 결혼 전에 내게 말했다.

우리집 밥솥에는 항상 밥이 들어있으면 좋겠다. 그래서 누구라도 우리 집에 오면 따뜻한 밥을 먹고 갈 수 있었으면 좋겠다. 그것 말고는 아무것도 바라는 게 없다고 했다.

뭐가 모자라도 한참 모자란 나는 내 요구는 할 생각도 못 하고 저쪽에서 들어오는 요구만 수락하여 부부가 되었다.

남편의 바람대로 나는 항상 우리 식구가 다 먹고도 남을 만큼 밥을 해 놓았다. 누구라도 우리 집에 오면 때와 상관없이 밥 먹었냐는 것부터 물었고, 기쁜 마음으로 밥을 퍼주었다.

그러다 보니 손이 커질 수밖에.

뭘 해 먹든 간에 남은 음식으로 한 상은 더 차려 낼 정도로 만들어 놔야 직성이 풀렸다.

그렇게 나는 모두에게 '손이 큰 여자'로 불리는 사람이었는데, 다들 바빠 왕래도 줄어들고 아이들마저도 다 떠나버려서 작정

하고 밥을 할 일이 드물다.

　물론 남 보기에는 아직도 그 양이 적다고 말할 수는 없지만 두 식구 먹을거리만 깨작깨작 해 먹고 있다. 그깟 것이야 손가락 으로만 주물러도 금방이다.

　그런 우리 집에 다시 활기가 돌고 내 눈이 반짝일 때가 있으 니 네 식구가 한자리에 모이는 날이다. '옛날에' 손이 컸던 여자 는 신이 나서 어깨 근육까지 써 가며 주물러 대고 있다.

　드디어 밥상이 차려졌다.

"엄마. 도대체 이걸 누가 다 먹어? 동네잔치 하고도 남겠어!"

오랜만에 듣는 반가운 소리다.

나는 그 소리를 들을 때가 제일 좋다.

이 남자에 관한
몇 가지 에피소드

● 팔베개

내가 아파서 골골할 때마다 항상 팔베개를 베어주는데 아무리 베고 누워도 팔 저리다는 소리를 단 한 번도 하지 않는 걸 보면 내 머리통에 최적화된 건지 무던한 건지 알 수 없는 노릇이다.

● 잠버릇

코를 곤다. 이불을 뚤뚤 만다. 방귀를 뀐다. 잠꼬대를 한다. 엎치락뒤치락 국민체조를 방불케 하여 요란을 떤다 등등의 것은 나의 잠버릇이고, 이 양반은 가슴 쪽으로 양손을 포개놓고 똑바로 누운 채로 잠자리에 들어 그 자세로 아침에 눈을 뜨는 무서운 사람이다.

자다가 깨어난 나는 그런 모습을 보고 사람이 아니라 귀신일지도 모른다는 생각을 서너 번 했었다.

●. 습관

피곤함을 잘 느끼는 나는 아무 때나 아무 데서나 잘 자빠져 있는 편이다. 그러나 이 양반은 몇십 년을 같이 살면서도 단 한 번도 할 일 없이 뒹굴거리는 적이 없었다. 쉬는 날일지언정 언제라도 허리를 펴고 똑바로 앉아 팔짱을 장엄하게 끼고 앉아 부동하며 신문을 읽었으니 아이들에게 좋은 본보기다 싶어 그 순간만큼은 돈 잘 벌어다 주는 남편이 안 부러웠다.

●. 메밀나물

시장에 가보니 메밀나물이 나왔다. 아주 어렸을 적 엄마가 한두 번 해주었던 기억이 나서 반찬으로 만들어 상에 올려보았다. 그 옛날 엄마가 해준 맛은 아니었지만 시골 음식이 주는 충만함이 온몸을 감쌌다.

건너편에서 밥을 먹고 있던 남자도 옛 생각이 났는지 입을 뗐다. 어렸을 적 엄마는 이 나물을 수북이 쌓아놓고 밤을 새워 다듬었고, 밤이 채 걷히지도 않은 어두컴컴한 이른 새벽녘이 되면 밤새 다듬은 메밀을 서둘러 광주리에 이고 시장까지 그 먼 길을 걸어가셨다고 했다. 남자는 말을 하면서 목이 메어 메밀나물을 입에 넣은 채로 울먹이고 있었다.

파랗고 야들야들하여 아무것도 아닌 고깟 것이 내 남자를 울렸다.

부부

사랑하는 사람과 결혼을 했으니 행복한 가정을 만든다는 것은 식은 죽 먹기처럼 쉬울 거라고 생각했었다. 그러나 막상 살아 보니 천만의 말씀 만만의 콩떡이었다.

생각을 쉽게 바꾸지 않은 경상도 남자, 느슨한 것 같으면서도 똥고집이 있는 충청도 여자는 서로 말이 통하지 않는다며 오랜 시간동안 상처를 주고 받으며 살았고 어느 때에는 입을 닫고 살기도 했다.

인류애를 끌어모아 근근이 버티며 살아가던 어느 날 딸 아이가 수퍼바이저를 자청하고 나섰다.

서로 못마땅한 일이 있더라도 절대로 잔소리하지 말고 "당신이 예쁘니까 참는다." "당신이 잘 생겨서 참는 거야." 이 한마디만 해야 한다고 가르침을 펼쳤고 말을 마치자마자 아빠부터 해 보라고 성화를 부렸다. 넉살 좋은 경상도 양반이 못 이기는 척 장난기 어린 웃음까지 곁들여 나를 보며 이야기했다.

"우~이구 당신이 예쁘니까 참는다~"

그런 뻔한 거짓말에 속아 넘어갈 내가 아니다. 벌써 오래전부터 나잇살이라는 게 여기저기 넉넉히 둘러쳐져 있었고 뭐든 이야기할 때마다 어금니에 힘부터 들어가는 늙수그레해진 내가 애들 장난 같은 그런 뻔한 거짓말에 속아 넘어간다는 것은 있을 수 없는 일이다. 더구나 딸아이가 시켜서 하는 것을 눈앞에서 똑똑히 보았지 않는가.

그런데 그 말을 듣는 순간 나도 모르게 헤벌쭉 입이 벌어지고 있었으니 몹시도 당황스러웠다. 참아보려고 해도 웃음이 참아지질 않았다. 주책맞고 민망스러웠지만 좋은 건 어쩔 수가 없었다.

이번엔 내 차례다 "당신이 멋있어서 참는 거야." 역시 나잇살 꽤나 집어먹은 나로서는 쉽게 나올 리 만무하였지만 막상 입으로 내뱉고 나니 아까 칭찬을 들었을 때보다 오히려 기분이 더 좋아지고 있었다.

우리는 현묘하신 딸아이의 가르침에 감복할 수밖에 없었고 거짓말로 시작된 것이었지만 이제는 그것이 진짜가 되어가고 있으니 말의 힘인지 사랑의 힘인지 알 수 없는 노릇이다.

달팽이관 소회

맞은편에 앉아 당근을 씹던 남자가
내게로 점점 다가오더니
숫제 달팽이관 속에 들어앉아 씹고 있었다.

여자의 고막은 남자의 당근 씹는 소리로 요동쳤다.
아득 아득 아드득 할 때도 있었고,
오독 오독 오도독 할 때도 있었다.

어느 해 여름
"당신은 오이 씹는 소리가 참 예쁘네."라고 칭찬을 해준 그에
게 "거 작작 좀 씹어 잡수쇼!"라는 말을 차마 할 수가 없으니
여자는 배가 부르다며 슬그머니 내빼고 말았다.

선운사에
가신 적이 있나요?

그해 3월.

아직 춥고 으스스한 날이 계속되었다.

어느 토요일에 남자는 여자에게 첫 데이트 신청을 했다.

꽃을 보여주겠다고 했다.

여자는 식물원에라도 가려나 하고 따라나섰다.

남자는 선운사 동백꽃을 보여줬다.

너무 아름다웠다.

빠알간 동백꽃도 아름다웠지만

봄 햇볕을 받아 일렁이며 반짝이는

나뭇잎들이 눈이 부시도록 아름다웠다.

결혼 후에도 언제나 봄이 돌아오면

나는 선운사 동백꽃을 생각하고

선운사에 가신 적이 있나요? 라고 시작하는

송창식의 노래를 떠올렸다.

벼르다가 올가을 문턱에 선운사를 찾았다.

절 입구에 지천으로 번져있는 꽃무릇을 보고 아연실색했다.

사진을 찍느라 여념이 없는 인파들로 여기가 거긴가 싶을 정도였다.

병풍처럼 둘러쳐진 동백나무는 여전하였다.

다행이었다.

잘 빗겨진 마당이며 점잖게 앉혀져 있는 건물이 정겨웠다.

대웅전에서는 어느 스님의 경 읽는 소리가 들려왔다.

그 소리가 얼마나 고마운지.

맑은 물에 내 마음을 헹구어 낸 것 같았다.

나는 이렇게 우아하고 청아한 독경 소리를 참 좋아한다.

그러나 요즘은 어느 절이고 경 읽는 소리가 귀하고 귀하다.

초발심자가 신심을 낼 수 있도록

불자가 더욱 자비심을 일으킬 수 있도록

그 누구라도 가슴이 비었거든 채워 갈 수 있도록

독경 소리가 자주 들렸으면 좋겠다.

어느 아빠의
자식 교육

오랜 시간이 흘렀는데도 선명하게 기억나는 말이 있다.
가까이 모시던 분이 아들에게 한 말이다.

엄마가 뭐라고 하시면 대꾸하지 말고,
"알았습니다~" 라고 말해
그래도 뭐라고 하시면
"사랑합니다~" 라고 말해
그래도 뭐라고 하시면 가서
엄마를 꼭~ 안아드려.

큰아버님의 읍소

　큰아버님께서 제례 때마다 붓글씨로 쓰신 지방이 반듯하며 찍어낸 듯 가지런하다. 역학에도 밝으신 분이셨으니 "유세차~" 하실 법도 한데 "오늘 모월 모일 아버님의 기일입니다."하고 언제든 우리말로 축문을 하셨다. 말미에는 "그저 객지에 나가 있는 자손들 굽어살펴 주시면 모두 조상님 은덕으로 알겠습니다." 라고 공손하게 말씀하셨다. 자그마한 체구에 하얀 도포를 깨끗이 다려 입으신 채로 구수하게 읊조리는 큰아버님의 한글 축문을 나는 참 좋아했다.

　그러던 어느 해 "…굽어살펴 주시면 모두 조상님 은덕으로 알겠습니다."라고 마무리하시던 큰아버님께서 그대로 꿇어앉으신 채 마른침을 몇 번 삼키시더니 끝내 읍소하셨다.
　"저희들은 이제나저제나 조상님들께서 보살펴 주실 날을 기다리고 기다리는데 도대체 언제가 되어야 좋은 날이 있겠습니까? 언제 우릴 보살펴 주십니까?"라고 말씀하시고는 고개를 숙이신 채 울먹이셨다.

뒷줄에 공손하게 엎드려 있는 자손들은 예기치 못한 큰아버님의 읍소에 어찌할 바를 모른 채로 엎드려 있었고 큰아버님의 기침 소리를 기다리며 한참을 그렇게 있었다.

연로하신 큰아버님께서 그 후 몇 해 지나 돌아가셨다.
큰아버님의 장남인 아주버님께서 제례를 관장하셨다.
잘 차려진 차례상 앞에 큰어머님께서 다려주신 하얀 도포를 입으시고 축문을 읊으셨다.
축문을 읽는 내내 아주버님의 울음 섞인 소리가 들려왔다.

"……굽어살펴 주시면 모두 조상님의 은덕으로 알겠습니다."

아까부터 울음을 목구멍 속에 밀어 넣느라 애쓰고 계셨지만 축문이 끝날 때까지 그 소리가 감춰지질 않고 자꾸만 새어 나오고 있었다.

명상 이야기

섣부른 판단과 해석을 억제하고
불확실한 것을 너그럽게 받아들이며
우리 앞에 닥친 현상을 넓은 마음으로
탐구하는 방법을 터득한다면
우리는 새로운 연결고리를 찾아 성장하며
주위에서 기쁨을 찾는 능력을 키워갈 수 있을 것이다.
황금은 멀리 있는 것이 아니다.

– 에릭 부스, 〈The Everyday Work of Art〉 –

명상

● 명상 1
세상으로 열려진 울타리에 빗장을 걸어두고
내 안의 작은 오솔길을 걷는다.

누구도 걸을 수 없는
나만의 길.
아무도 없지만
결코 외롭지 않은 길.

시간의 분별이 사라진
무궁한 길을 걸어 들어가면
기쁨과 행복의 열매가 늘어서 있고
그 경계를 넘어가면
기쁨과 행복조차 필요치 않은
절대 평온이 시간이
마련되어

나는 그곳을 유영한다.

나에게로 난 오솔길.
특별할 게 없는
평범한 그 길을 통해서만
나는 자유를 되찾는다.

명상 2

볼품없이 허물어진 감자가
물속에 잠겼다.
계속 허물어지고
허물어진다.
눈살을 찌푸리는
역한 냄새마저도
허물어지고 허물어져
마침내 순백의 가루로 녹아내린다.

감자는 허물어졌고
하얀 가루는 침잠하여
절대 부서지지 않는
궁극의 견고함 안에서
단잠을 잔다.

좌충우돌
명상 수행 이야기

◉。출발

재가불자들이 입는 법복 바지를 오랜만에 손질하여 가방에 넣었다. 태국에서처럼 어지간히도 일정이 **빡빡**할 테지만 수행자에게 다소간의 자유시간이 있으니 그때마다 차를 한 잔씩 마시면 좋을 것 같아서 우롱 찻잎과 어느 작가가 빚은 찻사발도 하나 챙겼다. 이만하면 됐다.

기차와 전철을 갈아타고 선바위역에 도착했다. 시계를 보니 2시가 조금 넘어있었다. 입소 시간이 3시까지라고 적혀 있었으니 적당한 시간이었다.

수행처를 향해 걸었고 아무리 눈이 어두운 나도 쉽게 찾을 수가 있었다.

◉。도착

일주일 후에나 신게 될 신발을 가지런히 정리해두고 안으로 들어갔다.

꽤 정갈한 공간이 나왔다. 절로 치자면 종무소 같은 역할을 하는 작은방이 있었고, 그 문턱을 넘어가니 너른 접견실이 나왔다. 마침 스님께서는 방문객과 말씀을 나누고 계셨다. 나는 손을 모아 합장 공경하고 스님 계신 쪽으로 예를 갖춘 후 조심스럽고도 송구스러운 발걸음으로 그곳을 지난 다음 문턱을 하나 더 넘어 수행 홀로 들어갔다.

●。입장

접견실에서 수행홀로 들어가는 문은 상당 부분이 유리로 되어 있었다. 유리문을 통해 수행홀 안쪽이 훤히 들여다보였고, 안쪽으로 들어가 문고리를 조심스럽게 닫으면서 접견실 쪽을 보니 역시 스님과 손님이 또 훤히 보였다. 이쪽에서는 저쪽의 눈치를 살필 수 있었고, 저쪽에서는 이쪽의 일거수일투족을 살필 수 있는 신묘한 구조였다.

좌(左)로는 남자 두 명, 우(右)로는 여자 네 명이 앉아 있었다. 나는 좌우 밸런스를 맞추기 위해 좌측 뒤쪽으로 가서 방석을 내려놓고 앉았다. 그때 누군가의 목소리가 들렸다. 그쪽은 남자 수행자가 앉는 자리이니 이쪽으로 넘어오라고 말했다.

아! 그렇구나. 좌에서 우로 넘어가 맨 뒷줄에 앉고 보니 조금 전 자리만큼 편하지가 않다. 나의 이상한 공감 지각 때문인지, 여자보다 남자가 편한 건지는 모르겠다.

●. 기다림

다른 분들처럼 정좌를 한 채로 눈을 감고 생각했다. '음…, 누가 아직 오지 않았나 보다. 등록된 수행자가 다 오면 지침을 듣고 나서 우리는 숙소를 배정받을 것이다. 그 후 푹 쉬고 나서 내일 새벽부터 일정이 시작되겠지…. 3시까지 오라고 해서 온 건데 도대체 언제 시작하는 걸까? 왜 아무도 말이 없는 거지…?' 하면서 꽤 오랜 시간을 기다리고 있었지만, 그 어떤 변화도 없었다.

혹시라도 내가 이렇게 눈을 감고 앉아 있는 사이 나만 빼고 방으로 올라가 버릴까 봐 중간중간 눈을 떠보았지만 바뀐 것은 없었다. 청바지가 너무 불편했고, 기다림도 너무 지쳐서 집 생각이 절로 났다. 어느 정도 사람이 모인 듯하자 선배 수행자로 보이는 분이 수행자 수칙을 일러주시고 나가셨다.

(이제 그만 숙소로 올라가 보라는 말은 왜 안 하시는지….)

다른 수행자들은 아까처럼 정좌하고 앉아 있었다. 이 사람들은 기다림에 도가 튼 사람들인가 보다.

몇몇 분은 수차례의 집중수행 과정을 해오셨고, 그 외의 분들도 이곳에서 초보 수행 과정을 마치신 분들이셨다. 그에 비하면 나는 태국에서의 수행 경력이 인정되어 초보 수행 단계를 거치지 않고 간신히 들어온 족보 없는 수행자나 마찬가지였다.

내가 기다림에 지쳐 맥이 쭉 빠질 때쯤 접견실에 계시던 스님께서 들어오셨다. 스님께서는 조용조용 차분차분 말씀하셨지만 이렇게 뒷꽁무니에 앉아 있는 나에게까지 날 선 카랑카랑함이

고스란히 느껴졌고, 감히 범접할 수 없는 그 무엇이 전해져왔다.

말씀을 마친 스님께서는 계속 수행할 사람은 하고, 짐을 풀고 올 사람은 그러라고 하시며 나가셨다.

아! 이런! 내가 기다림에 지쳐 집 생각을 하고 있을 때 다른 수행자들은 아까부터 본 수행을 하고 계셨던 거구나. 이 일을 어쩌면 좋은가! 이곳을 소개해 준 교수님께서 수행처에 들어가는 그 순간부터 단 한 순간도 사띠를 놓치지 말라고 당부하셨는데, '이 신발을 일주일 뒤에야 신겠구나.' 하는 잡생각부터 시작해서 "이제 그만 가서 짐을 풀고 쉬라."는 말을 기다리고 기다리고 또 기다리느라 벌써 두세 시간을 족히 까먹고 앉아 있었다.

●. 당일 저녁 수행

나는 옷을 갈아입기 위해 가방을 들고 종무소 같은 작은방으로 가니 벽면에 이름과 방 번호가 적힌 안내문이 붙어있었고, 위층으로 올라가는 좁은 계단이 보였다. 세 번째 계단부터는 한 칸씩 오를 때마다 삐그덕 소리가 났다. 여간한 구도자가 아니라면 소리 안 내고 걷기가 힘들겠다. 나는 이 계단을 '구도자의 계단'이라고 이름 붙였다.

정해진 방으로 가보니 태국의 숙소에 비하면 호텔급이었다. 동서남북 쏘다니며 자는 내게도 부족함이 없겠다. 불편한 청바지를 벗고 준비해 간 법복으로 갈아입은 후 휴대폰을 맡긴 다음 저녁 수행을 위해 명상홀로 다시 들어갔다.

짐도 풀었고 옷도 편안하게 갈아입었으니 짐짓 마음이 가다듬어졌다. 좌선이라면 집에서도 꾸준히 해오던 것이니 어려울 게 없었다.

저녁 수행을 마치고 2층 숙소로 돌아오니 이곳에 오길 잘 했다는 생각과 잘 해낼 수 있을지 염려스러운 마음이 복잡하게 뒤엉켰다.

●. 첫째 날 밤

내일 아침 4시에 일어나야 하는데 휴대폰만 생각하고 알람시계를 챙겨오지 않았으니 걱정이었다. 다행히 옆방 수행자께서 알람시계를 가져오셨다고 해서 특별히 당부를 넣어놓았다.

기다리고 기다리던 잠자리에 누웠다. 이제야 살 것 같았다. 여길 오기 위해 아침 10시에 집을 나와서 기차와 전철을 갈아 탔고, 도착한 뒤 첫날 저녁 수행까지 마친 몸이었으니 너무도 고단했다. 남편의 선견지명으로 뱃속에 쇠고기를 쟁여놓지 않았다면 이마저도 견디지 못했을 거라는 생각을 하며 누웠다. 잠시 후 밖에서 작은 노크 소리가 들려왔다. 이 밤에 무슨 일인가 하고 몸을 일으켜보니 "일어나세요."라는 속삭임이 문밖에서 들려 왔다.

(으응? 뭐라구요? 벌써 날이 밝았다고요?)

●. 새벽예불

어수선한 몸과 마음을 씻고 챙기느라 구도자의 계단을 바쁘게 오르내렸고 준비를 마친 나는 수행 홀로 향했다. 새벽 여명으로는 부족한지 환하게 불이 켜져 있었고 벌써 여러 명이 정좌하고 있는 모습이 유리문을 통해 보였다. 마음 같아서는 종종걸음으로 후다닥 가고 싶지만 스님이 계신 접견실을 지나야 하니 조심조심 걸어 간신히 수행 홀에 도착했다. 네 시 반이 되자 스님께서 들어오셨고, 우리는 예불문을 가지고 앉아 스님께 예를 갖추었다.

태국에서도 새벽마다 챈팅을 하였는데 영문으로 표기된 병음을 따라 읽는 것이어서 내게는 그냥 경을 읽는 의식일 뿐이었다. 그런데 우리말로 경을 독송하니 한 말씀 한 말씀마다 눈물이 쏟아져 내렸다. 눈물이 앞을 가린다고 하더니 앞다투어 흐르는 눈물 때문에 글씨가 보이지 않았다. 연신 눈물을 닦으며 읽어 내려가다 보니 이번엔 콧물이 줄줄 새어 나왔다. 손수건 하나로 돌려 막아내며 간신히 버텼다. 아침 예불을 마친 스님께서는 다시 유리문 너머로 가셨고, 수행자들은 아침 첫 수행을 시작했다.

●. 아침 공양

7시쯤이 되자 예쁜 종소리가 들렸다. 저 소리는 밥이 다 되었다는 기쁜 소식이다. 접견실 쪽으로 나가보니 상이 차려져 있었고, 스님께서 앉아계시던 자리는 비어있었다. 아침 공양은 하지 않으시며 수행자들이 편히 밥을 먹을 수 있도록 자리를 비우신 거라고 했다. 나는 두 끼도 모자라서 눈물이 나올 판인데 어찌 한 끼만 드시는지요. 스님.

스님께서 공양을 안 하시니 불제자로서 송구한 마음이긴 하였지만, 그것도 금세 잊어버렸다. '아이고야, 이게 얼마 만에 보는 밥이냐' 하는 마음으로 얼굴에 화색이 돌았다.

밥을 퍼담은 첫술을 입에 넣고 오물거리던 나는 금세 풀이 죽었다. 나를 뺀 모든 수행자는 마치 병실에서 환자가 멀건 죽을 간신히 떠먹듯이 하고 있었다.

맞다. 태국에서도 그랬었다. 스님은 법좌에 앉아 거룩하게 드셨고, 법좌를 향해 앉은 우리도 조용하고, 고요하게 식사를 했었다. 오두방정 맞은 마음을 다시 내려놓고 조용하고 고요하게 식사를 했고 그래서인지 소화가 잘 안 되는 느낌이었다. 어서 빨리 집에 가서 뚝딱뚝딱 퍼먹고 싶었다.

●。자율시간

식사 후 정해진 당번대로 누구는 청소하고 누구는 설거지하는 등등…. 맡은 소임을 끝내고도 다음 수행 시간까지 잠깐의 여유가 있으니 새벽 댓바람 초벌 세안을 보충해서 본 세안을 하거나 샤워를 할 수 있는 시간이었다. 물론 나는 구도자의 계단을 올라 몸을 뉘었다. 등은 천국이고, 머릿속은 복잡했다.

●. 법문
본격적인 오전 수행 전에 스님께서 법문을 해주시는 시간이다.
올바른 수행을 위한 말씀을 해주셨다. 누구는 적고, 누구는 노
트북을 앞에 두고 있었고, 나는 고개를 주억거리며 앉아 있었다.

●. 오전수행
스님께서 강조하시는 것 중의 하나가 '올바른 경행'이었다. 좌
선이 잘 안 되는데도 주야장천 앉아 있는 것은 수행에 도움이
안 된다. 거기에만 매달리지 말고 경행을 하면서 힘을 다시 모아
그 힘과 집중력으로 좌선을 하라고 하셨다. 경행을 할 때는 발
을 들고, 떼고, 나아가고, 내딛는 그 모든 찰나의 순간에 생겨나
는 의도를 전부 알아차려야 한다고 하셨다.
'듦. 듦' 하면서 발뒤꿈치를 들었다. '나감. 나감' 하면서 발을
앞쪽으로 옮겼고, '내려놓음, 내려놓음' 하면서 발을 내려놓았
다. 다시 '듦. 듦…' 하고 속으로 되뇌었지만 들고자 하는 진정한
의도를 내지 않아서인지 발이 떨어지지를 않았다. '듦, 듦' 하고
또 되뇌어 보았지만 이번에도 발은 꿈적도 안 했다.
'듦, 듦…, 듦, 듦…'

다리가 부들부들 떨렸지만 발은 떨어지지 않았다.

이렇게 진정한 의도 없이는 단 한 발자국도 움직일 수 없거늘, 이 나이가 되도록 얼마나 많은 '의도하지 않은 헛발'을 내디디며 여기까지 왔을까. 또 한 번의 눈물과 콧물이 범벅되어 쏟아졌다. 황망하여 뛰다시피 화장실로 달려갔다.

이런! 또, 또, 또, 고삐 풀린 망아지처럼 사띠를 집어던지고 방정맞게 달려 나와 버렸다.

●. 점심공양

신심이 지극하신 수행자께서 집중수행자들을 먹이기 위해 점심 공양 때마다 스스로 당번을 맡아 와주셨다. 완벽한 솜씨로 한 상을 차려내셨다. 잔칫상이다. 이젠 뭘 좀 알아가고 있는 나는 눈빛만 반짝거렸을 뿐 경거망동은 하지 않고 점잖게 공양을 마쳤다.

●. 자유시간

금쪽보다 더 금쪽같은 자유시간이 두 시간이나 주어졌다.

수행 일정표에 있는 엄연하고도 명백한 자유시간이니만큼 모든 일정은 미뤄두고, 2층 내방으로 올라가 공식적인 잠만찬을 즐길 예정이다. 벌써 꿈나라 별나라로 갈 생각에 두둥실 몸이 솟아

오를 것처럼 기뻤다. 거창하게 양치를 하고 좌우 눈치를 살핀 후 구도자의 계단 쪽으로 향하려는 순간, 헛발을 내딛어 천 길 낭떠러지로 떨어지는 기분이 들었다. 세상에! 나를 제외한 거의 모든 수행자가 양치를 마친 후 다시 한 걸음 한 걸음 사띠를 놓치지 않고 순례길을 밟듯이 수행 홀 쪽으로 걸어가고 있었다.

저자들은 조금 전까지 꿈나라 별나라를 펼치던 내 뒤통수를 강하게 타격했고, 분하고 억울해진 나 또한 그들의 뒤통수를 만만치 않게 강하게 때리고 싶었지만, 마음만 있을 뿐! 어느덧 그 순례자들을 따라 나도 수행 홀 쪽으로 한발 한발 내딛고 있었다.

◉ 오후 수행

수행이 아니라 그야말로 고행이 시작되었다. 아까 뒤통수를 맞은 이후부터는 제정신이 안 돌아온 데다가 식후 졸음이 쏟아져서 사경을 헤맸다. 그곳은 삶과 죽음의 경계인 듯 모호했고, 이 몸이 내 몸인지 남의 몸인지 구분도 없어진 무궁의 세계로 빨려 들어가고 있었으니 드디어 득도하려나 보다.

나와 같은 수행자가 더 있었는지 아니면 내가 그러고 있는 것을 유리문이 고자질했는지 알 수 없지만, 스님께서 바람처럼 나타나 "어찌 이리 산만한고!"라고 호통을 치시고 나서 다시 운무를 데리고 바람처럼 사라지셨다. 그제야 정신이 번뜩 들었고 그마저도 얼마 안 갔다. 나는 다시 졸음이란 놈에게 멱살이 잡힌 채로 울며불며 통사정하고 있었다.

●. 휴식시간

오후 수행과 저녁 수행 중간에 한 시간의 자유시간이 있었다. 아까 내 뒤통수를 친 타격왕들은 역시나 일어날 생각 없이 그 자리에 계속 앉아 있었다.

●. 저녁 수행 and.……

만 하루 만에 다시 저녁 수행 시간이 돌아왔다.

이 시간만 잘 참으면 나는 자유를 얻게 될 것이고, 가장 먼저 따뜻한 성수로 온몸을 씻어내리고, 그 즉시 구도자의 비명을 들으며 내 방으로 뛰어 올라가 큰대자로 드러누워 영겁의 잠을 청한 후 영원의 세계로 들어가리라!

나는 계획대로 저녁 수행이 끝나자마자 구도자의 계단을 올라 영겁의 잠을 청했다. 제정신이 들었을 때는 이미 아래층에서 수행자들의 새벽 예불문 읽는 소리가 달팽이관으로 흘러넘치게 들어오고 있었다.

아뿔싸! 잠이 덜 깬 대갈통이 두 개로 쩍 갈라지는 듯했다. 아니 그런 걸 느낄 새도 없이 용수철처럼 뛰어 오름과 동시에 옷을 꿰고 나가 어두운 구도자의 계단을 술 취한 사람처럼 비틀거리며 내려갔다. 내가 걷는 게 걷는 게 아니었다.

어둑어둑한 계단을 내려 접견실 쪽으로 걸으니 광명천지로 밝혀져 있었다. 정신집중. 정신집중. 설레발치며 내려왔던 걸음을 진정시키고 한발 한발 걸어 수행홀 쪽으로 가니 예불 집도를 마치시고 접견실에 계시던 스님께서 일갈하셨다.

"어디를 가는가?"

"죄송합니다. 스님"

"수행자는 돌아가 더 자도록!"

"죄송합니다…."

"돌아가도록!"

"…다시는 이런 일이 없도록 하겠습니다… (울음)…."

너무 무섭고 속이 상해서 나는 그 자리에서 울어버렸다.

다행히 오줌을 싸지는 않았다.

●. 그 후

열심히 수행 정진했다. 깊은 집중 상태가 될 때면 고요하게 샘솟는 기쁨과 행복이 내 몸을 채웠다.

어느 날은 점심 공양을 알리는 예쁜 종소리가 들렸지만 그대로 앉아 있었다. 온몸을 채운 청정심을 깰 수가 없었기 때문이다. 그날은 아침에 먹은 죽 한 그릇이 전부였지만 저녁까지 힘이 넘쳤다.

그렇게 무서웠던 스님의 얼굴도 차차 인자하게 느껴졌다.

수행 일정을 무사히 마치고 다시 짐을 꾸렸다.

언제부터 그곳에 있었는지 모를 나란히 앉혀진 우롱차와 찻
사발을 담으며 나는 웃고 있었다.

구도자 1

　지난번 수행에서 돌아온 지 얼마 되지 않아 다시 짐을 꾸려 남해 쪽에 있는 위빠사나수행처를 찾아 갔다.

　숲속에 자리 잡은 포근하고 아담한 수행처이다.

　새벽 좌선을 하고 있으면 짙은 어둠 속에서 아주 작은 풀벌레들부터 깨어나 작은 소리로 울기 시작하고 하나씩 하나씩 울음소리가 보태어지면서 나중에는 매미까지 가세해 온 숲이 울어댈 때쯤이면 해가 둥그렇게 뜨고 있었다.

　이곳은 수행하는 사람들끼리 당번을 정하여 밥을 지어 먹어야 했다. 오늘은 나이가 지긋하신 도반과 내가 당번이다. 새벽 좌선을 마치고 공양간으로 가서 정성스럽게 음식을 만들었다.

　음식 마련이 다 되어 공양간 맞은편에 있는 종을 쳤다. 명상하던 무리가 차분한 걸음걸이로 사띠를 놓치지 않으려고 노력하며 걸어오고 있다.

　공양간 건물과 멀리 떨어진 좁은 오솔길로 굽이쳐 있는 안쪽에는 스님의 거처가 있다. 그곳에서 명상가 한 분과 번역 작업을 하시던 스님께서도 일손을 놓으시고 공양간을 향해 오신다. 매우 야윈 어깨에 발우를 메고 오신다. 마치 부처님 뒤를 따르듯이 정성을 다한 걸음걸이로 오신다.

공양간에 다 모이자 식사에 관한 게송을 읊었다. 스님께서 음식 앞에서 발우를 들고 서 계시니 나이 드신 도반께서 스님 발우에 밥이며 찬을 조금씩 덜어서 넣어 드린다. 매우 야위고 자그마한 체구의 구도자는 발우를 메고 아무 말 없이 왔던 길로 다시 돌아가셨다. 그 걸음걸이가 너무도 엄숙해서 보는 내내 청정심이 절로 들었다.

명상 수행자들은 아침과 점심 두 끼의 식사를 했고
구도자는 점심에 한 끼의 식사만 하셨다.

오관계

計功多少量彼來處 계공다소양피래처
忖己德行全缺應供 촌기덕행전결응공
放心離過貪等爲宗 방심이과탐등위종
正思良藥爲療形枯 정사양약위료형고
爲成道業應受此食 위성도업응수차식
이 음식이 어디서 왔는가
내 덕행으로는 받기 부끄럽네
마음의 온갖 욕심 버리고
몸을 지탱하는 약으로 알아
진리를 이루고자 이 음식을 받습니다.

구도자 2

남해의 수행처.

꽤 오랜 시간 앉아 있었던 것 같았다. 눈을 떠보니 아무도 없었고 내 앞에 계시는 나이 드신 도반과 나 둘뿐이었다.

다음 수행 시간까지는 약간의 여유가 있었다. 도반께서는 숙소 쪽으로 가시는가 싶더니 명상홀 왼편으로 나 있는 숲으로 걸어 들어가셨다. 나는 그런 오솔길이 있는지도 몰랐다.

같이 산책이나 할까 싶어 조용히 따라갔더니 산에서 내려온 도인처럼 팔을 허공에 휘두르시며 기체조 같은 것을 하고 계셨다. 방해가 될까 싶어 되돌아와야 하나 고민하다가 묵언이 원칙이었지만 말을 걸어보았다.

"여기 계셨네요~"하고 아는 척을 하니 웃으시면서 나를 바라보신다. "여기 이런 예쁜 곳이 있었네요. 숲으로 한번 가보고 싶어도 무서워서 못 와봤는데 보살님 덕분에 와봤네요."라고 이야기했더니 뭐가 무섭냐고, 무서울 게 무엇이 있냐고 하셔서, "뱀도 나올까 봐 무섭고, 귀신도 나올까 봐 무섭고 그래요."라고 했더니 나를 꾸짖으신다.

"우리도 그 전생에는 아주 작은 미물이었고, 뱀이었고, 새였을 때가 있었어요. 그러다 이렇게 인간 몸을 받고 태어난 거예요. 우리가 이렇게 수행을 하는 것처럼 매미도 맴맴 울면서 수행을 하고, 뱀은 기어서 하고, 새는 짹짹짹 울면서 수행하는 거예요. 우리랑 똑~같아요. 우리는 이래 다 한 몸이라예. 그런데 뭐가 무섭습니까?"라고 경상도 억양을 붙여 물으셨다.

대단한 내공이 느껴졌기에 왜 수행을 하시느냐고 다시 여쭈니, "나는요, 이 세상에 아~무 미련이 없어요. 고마 다시는 사람 몸을 받고 태어나고 싶지 않습니다. 그래서 이래 닦고 있어요."

이렇게 소녀 같은 목소리를 가지시고 이렇게 잘 웃으시는 분이 이 세상에 아~무 미련 없다고 하셨다.

나의 수행은 아직도 이생을 잘 마감하고자 하는 마음으로 급급한데 그분께서는 사성제를 기반으로 한 윤회의 굴레를 벗고자 하는 분이었다.

태국에서의
명상 수행 1탄

일 년 열두 달 중 한 달은 기아의 현장이나 가난의 현장으로 나가 봉사를 하면 좋겠다는 생각을 했다. 일 년 365일을 꼬박 열심을 다해 살지 않을 테니 그중 30일을 떼어내어 타인을 위해 쓸 수 있다면 그게 낫겠다 싶었다.

뜻이 있는 곳에 길이 있다고 했나?

우연히 강의 현장에서 만난 분이 본인은 해마다 1월에 태국으로 선교 형식의 봉사를 간다고 하였다. 어차피 강의하는 사람들에게 1·2월은 휴지기이므로 나는 얼마든지 시간을 낼 수 있었다. 좋은 일에 부처님 예수님 따진다는 건 안 될 말이었다. 그분께 부탁을 드렸고 흔쾌히 허락해 주셔서 같이 합류할 수 있게 되었다. 그쪽은 모녀가 함께 봉사에 참여했고, 나는 부푼 마음을 안고 따로 방콕에 도착해서 다시 국경지방으로 비행기를 갈아타고 갔다.

3주간의 가슴 설레는 일정이 우리에게 주어졌다. 그러나 얼마 지나지 않아 서로 민망한 상황이 발생하고 말았다. 변두리 지방이라고는 하지만 가까운 곳에 고층 건물도 있고 동네에 아주 번 듯한 미용실까지 있어 내 머리통에 자리 잡힌 봉사라는 걸 하기 에는 너무 잘사는 동네였기 때문이다. 우리팀이 하는 일이라고 는 동네에 거주하는 아이들이 교회에 오면 간식을 만들어주고 한글을 알려주는 정도였다. 일주일 정도 후에는 한국에서 들어 오는 대학봉사단과 합류하여 주거 상황이 열악한 곳으로 움직 일 예정도 있었으나 계획대로 안되는 듯했다.

더 있는다는 것은 시간 낭비라고 생각되었다. 그분들도 이해 를 해주셨고, 짐을 꾸려 번듯한 2층짜리 숙소를 나왔다. 갑자 기 생긴 열 사나흘 동안 무엇을 할 것이며, 어디로 갈 것인지 막 막했다. 일단 우버 택시를 이용해서 20분 정도를 달려 치앙마이 시내로 나갔다. 값이 싼 게스트하우스를 잡아 짐을 풀어놓고 어 찌해야 좋을지 고민을 좀 해봐야 했다.

2012년에 도보 여행차 갔었던 치앙라이에 사는 그 가족을 찾아가 보고 싶지만, 정처 없이 걸으면서 만난 인연이기에 찾을 방도가 없었다.

이러고 쭈그리고 앉아 있으면 뭐 하나 싶어 밖으로 나갔다. 여기저기 한국 젊은이들이 참 많았다. 그러니 보니 '치앙마이에 서 한 달 살기'라는 제목의 글이 유행처럼 번져 올라오던 시기 였다. 그들을 뒤로하고 계속 걷다 보니 제법 규모가 있는 사원 이 보였고 메디테이션 센터라는 간판도 같이 보였다. 안으로 들어가 보니 매주 수요일 원데이클래스로 명상을 배울 수 있단다. 오늘이 화요일이니 내일 시간 맞춰 와봐야겠다.

다음날 간편한 차림으로 그곳에 가보니 30여 명의 외국인 속에 동양인은 나 혼자였다. 그렇게 발로 차일 듯이 많던 한국 젊은이들은 오늘도 밖에서 좋은 걸 먹고 좋을 걸 마시고 있나 보다.

유머 감각이 좋으신 스님께서 완벽한 태국식 영어 발음으로 불교와 명상에 관한 프레젠테이션을 해주셨다. 스님 말씀이 끝나자 한 사람씩 뭐라고 뭐라고 이야기하고 있었다. 들어보니 자기소개 같은 것을 하고 있었다. 스님께서 각자에게 자기소개를 부탁했나 보다. 어떤 이는 장황설로 자기소개를 하고 있었으니 나는 알아듣지도 못했다. 내 차례만을 심장 졸여가며 기다리고 있었다. 내 차례가 왔다. 한국에서 왔고 명상 입문자라고만 소개했다. 입이라도 뗐으니 이만하면 용하다.

각자 소개를 마치고 좌선을 배웠다. 손의 위치나 모양 등 방법이나 형식 등에 집중해서 가르쳐 주셨다. 점심 식사 후 명상 홀에서 모이기로 하고 오전 일정이 끝이 났다.

식당으로 가서 밥을 먹고 있는데 잘생기고 늘씬한 중년 남성이 내 쪽으로 오더니 앉아도 되겠냐고 했다. 허여멀건 하니 아주 잘생긴 호감 상이다. 아까 인사할 때 들었다고 하면서 한국에 와 본 적이 있다고 했다. 한국에서 먹은 음식 중 아주 달고 맛있는 국수가 있었다고 하길래 '잡채'라고 알려주었다.

나는 다 먹었는데 밥은 언제 먹으려고 그러는지 자꾸만 이야기를 했다. 듣다 못한 내가 그의 이름을 물었다. 미구엘이라고 했고 미카엘이라고 불러도 좋다고 했다. 가끔 사람들이 산미구엘(술 이름)이라고 놀린다는 이야기까지 덧붙여 말했다.

그의 눈을 쳐다보면서 "미구엘, 나는 밥을 다 먹었는데 일어나도 될까?"라고 물었더니 그렇게 빨리 자기 이름을 작별 인사로 써먹을 줄 몰랐다는 표정을 짓더니 이내 웃으며 얼마든지 그러라고 했다.

점심 식사 후 안내받은 명상 홀로 가보니 너른 공간이 마련되어 있었다. 거기서 우리는 본격적인 명상 실습을 받았다.

걸으면서, 앉아서, 서서, 누워서 하는 명상법을 다 익혔다. 행, 주, 좌, 와를 다 배우고 난 우리는 스님과 함께 단체 사진을 찍었다.

그 이후 시간은 디스커션이라고 되어 있었기에 가지 않았다. 영어가 안되니 할 말도 없고, 들리지도 않을 테니 서둘러 사원을 빠져나가는 게 상책이다.

그 짧은 하루의 명상 수행이었지만 고즈넉한 평화로움이 나를 계속 미소 짓게 했다.

'그래, 나머지 일정 동안 명상 수행을 해야겠다.'

숙소로 돌아와 명상 수행을 할 수 있는 사원을 찾느라 지문
이 닳도록 자판을 뚜뎅겨 보았다.

태국에서의
명상 수행 2탄

찾아보니 대부분 사원에서는 명상센터를 운영 중이지만 '도이수텝' 같은 유명한 사찰은 몇 달 전부터 예약된 순서로만 가능했고, 다른 곳들도 정해진 기간에만 입소할 수 있었다.

포기하지 않고 계속 찾아보니 다행히도 숙소에서 5킬로미터 떨어진 '왓 우몽'이란 곳에서는 정해진 기간 없이 명상 수행 신청을 받고 있었다.

택시를 타면 10분도 안 되어 도착하겠지만, 시간이 남아도는 여행자가 택시를 탄다는 것은 돼지 목에 진주를 두르는 것이려니 생각했다. 노트북을 비롯한 약간의 물건들 그리고 한국으로 돌아가려면 꼭 필요한 두꺼운 패딩 등이 담긴 여행 가방을 가져갈 필요는 없었다. 간단한 여벌 옷과 휴대폰, 여권, 책 한 권만 챙겨 배낭에 메고 왓우몽이라는 사원을 향해 나섰다.

내가 여행하면서 터득한 진리가 하나 있는데 길을 물을 때는 "이쪽으로 쭉 가면 되나요?"라고 물어보는 것이다. 말이 안 통하는 곳에서 "거기에 가려면 어떻게 가야 해요?"라고 물으면 장황설로 대답이 돌아오니 지금까지 배운 지식을 총동원해도 내가 알아듣기에는 늘 버겁다. 그러니 방향을 대충 잡고 이쪽으로 쭉 가면 되나요? 라고 물으면, 백이면 백 구구절절한 장황설 없이, 또는 호기심 어린 역질문 없이 '맞다, 아니다.' 방향 지시만 해주니 이방인에게 이보다 더 좋을 수는 없다.

지도를 캡처해 왔지만 중간중간 헷갈린 나는 가고 있던 앞쪽을 가리키며 "왓우몽~ 똥빠이카?(왓우몽! 앞쪽으로 쭉 가면 돼요?)" 라고 말을 건넨다. 어떤 때는 끄덕끄덕 하며 웃어주었고, 어떤 때는 사색이 되어 거기가 아니라며 옆길을 일러주기도 했다. 태국인들은 언제 봐도 정겹고 친절하고, 고맙고 다정하다.

그렇게 한 시간을 넘게 걸어 땀이 범벅이 되고서야 사원에 도착했다. 사원 입구에서 좌측 오솔길로 걸어 들어가니 메디테이션 센터라고 쓰여있는 2층 건물이 나왔다. 여권을 맡긴 후 일정표를 받아보니 그 더위에 식은땀이 났다.

아침 4시 30분 기상이었고, 7시 아침, 11시 점심. 그 이후에는 식사가 없었다. 수행을 하러 들어갔지만 어리석은 나는 식사 시간을 먼저 챙기고 있었다. 명상 수행하는 곳에서는 의례 오후 불식을 실천한다고 알고는 있었지만 받아든 일정표에 저녁이 없는 걸 확인하니 그제야 실감이 났고, 안타깝기가 이루 말할 수 없었으니 이곳에서 과연 내가 버틸 수 있을까 싶어졌다.

명상홀과 조금 떨어진 곳에는 남자 숙소가 있었고, 명상홀 바로 2층은 여자 숙소였다. 배정받은 방으로 안내를 받고 들어가 보니, 아! 들어간다는 표현은 너무 과한 표현이다. 문을 열면 바로 혼자 발을 뻗고 누울 수 있는, 내 낯바닥만 하게 느껴졌던 아주 작은 공간이 있었다. 내 방이라기보다는 내 방석이라는 느낌.

그래도 들어가 앉아보니 어찌어찌 가방도 놓고, 짐도 풀어놓고 잠도 잘 수 있었다. 1인 감옥 같은 느낌이 들었지만 그나마 창이 하나 있다는 게 고마웠다. 그렇게 만감이 교차하면서 명상 센터의 일정이 시작되었다.

태국에서의
명상 수행 3탄

  새벽예불에 참석해 보니 모두 스무 명 남짓 되었다.

  태국인 서너 명, 동양인 네다섯 명, 서양인 열 명 정도 되었다.

  젊은 스님은 이방인을 위해 세련된 미국식 발음으로 한번 자국인을 위해 태국말로 한번, 두 번씩 위빠사나 명상에 대해 가르침을 펴셨지만, 태국말이나 영어나 못 알아듣기는 마찬가지였다. 그냥 내 의지대로 하는 수밖에.

  내 비록 영어가 안되어 귀는 막혔지만 수행은 열심히 해봐야지 하고 다짐에 다짐을 하였지만, 뜻대로 되지 않았다.

  좌선을 위해 포개어진 다리는 조금만 있어도 끊어져 나갈 것처럼 고통스러웠다. 일어나서 행선도 해보지만 뭐가 잘 안되는 느낌이다. 앉았다 일어섰다 하면서 시간만 가기를 기다려 보았지만 그럴수록 시간은 내가 쳐다볼 때만 마지못해 가고 있었고 내가 고개를 돌리면 그냥 멈춰있는 것 같았다.

  다리가 아파 괴롭고, 시간이 안가 괴롭고, 그럼에도 가만히 앉아 있어야 하니 괴롭기 짝이 없었다.

내 일생 중 가장 길고 긴 하루를 보내고 밤 9시 30분에야 일과가 끝났다. 숙소로 돌아와 씻고 누우니 식구들 생각이 절로 났고, 뼈에 사무치게 보고 싶었다.

그런 와중에 밤 비행기 소리가 들렸다. 미친 사람처럼 달려나가 버스라도 잡아타듯이 비행기를 잡아타고 한국으로 돌아가고 싶었지만 그러지 못하는 게 한이었다.

나는 밤새 뒤척였다. 내일 날이 밝는 대로 여권을 찾아 떠나야겠다는 다짐이 서고 나서야 겨우 잠이 들었다.

다음 날 아침에 눈을 뜨니 나도 체면이 있는데 그건 안 되겠다 싶었다. 이왕 도망칠 바에는 한 번만이라도 제대로 된 수행을 해보고 가자.

새벽예불을 참석하고 아침을 먹고 개별 명상 시간이 되었다. 나는 마지막 명상이라고 생각하며 열심을 다해 내 호흡을 관하며 앉아 있었다.

시간이 조금 흐르자 또다시 참을 수 없을 만큼 다리가 저려왔다. '조금만, 조금만 더…'를 반복하면서 참아보았다. 되도록 조용한 자세로 그 괴로움을 탓하지 않고 부드러운 마음으로 감싸듯 지켜보았다.

그렇게 무심한 듯 앉아 있으려니 잘라내고만 싶었던 육중한 내 다리가 없어지고 날개가 달린 것처럼 가볍게 느껴졌다. 더 이상의 통증은 없었다. 더욱 집중하여 매달려 보았고 점심을 알리는 종소리를 듣고야 다리를 풀었다. 2시간 반 동안 한 자리를 지킨 내가 대견했다.

도망가지 않아도 버틸 수 있을 것 같다. 다행히 고비는 넘겼다.

호수가
건네준 말

내가 여기 온 지는 닷새쯤 되었나 보다.

하늘을 가로질러 날아가는 비행기 소리에 집으로 돌아가고 싶은 열망으로 정신이 아득해지는 것도 잦아들었다.

오늘은 명상홀에 고요히 앉아 태어나서 지금까지의 모든 기억을 하나하나 떠올려 보았다.

유년시절의 아픔들… 거기서부터 기억이 시작됐다. 그 이후 기억 또한 아무리 더듬어 보아도 나에겐 예쁘고 찬란하고 반짝반짝한 기억은 단 하나도 생각나지 않았다.

성인이 되고 나서는 어떤가? 여전히 숨기고 싶고, 후회되고, 부끄러운 모습들만 생각이 났다. 마음이 답답해진 나는 좌선을 풀고 사원 중앙에 있는 호수 쪽으로 나가 보았다. 가만히 서서 호수를 들여다보고 있자니 호수는 계속 일렁대고 있었다.

같은 자리에서 같은 모습으로 웅장한 시간을 견뎌왔을 테지만 그까짓 작은 나뭇잎, 지나가는 작은 바람도 견디지 못하고 일렁대기만 했다.

호수가 새삼 시시하고 별거 아니게 느껴졌다.

서운해서 울고, 속상해서 울고, 질투심에 울고, 누군가가 던지는 말 한마디에 상처받는 나랑 다를 게 무엇인가?

그 순간 경쾌한 물소리가 나면서 호수 위로 무엇인가 튀어 올라와서 눈부시게 반짝이더니 다시 물속으로 들어갔다.

그렇지!

호수의 본래면목은 일렁이는 표면이 아니라 깊은 심연이었고 그곳은 어마어마한 생명을 키워내는 어머니의 품속이었다.

내 몸 역시 울고, 쓰러지고, 도망치고, 상처받으며 일렁대는 표면 아래 주체할 수 없이 아름다운 삶들이 물고기처럼 펄펄 들끓고 있었고 그것을 키워내는 내가 진짜 나였다.

나 자신을 만나러 가는
늦은 약속

오십을 맞던 그해의 나는 인생이라는 거대한 파도 앞에 어쩔 줄 몰라 하며 우왕좌왕하고 있었다. 지금까지 안간힘을 쓰며 살다 보니 자연스럽게 헛된 내공이 쌓이게 되었고, 그런 것들은 타자로 하여금 짐짓 괜찮은 사람처럼 보이도록 하는 권모술수가 되어주었다.

그러나 50이라는 숫자는 나를 닦아세워야 하는 일들이 많아지고 있었고, 위장술을 벗겨낸 날것의 나는 마주 대하기 민망한 존재였다.

그러니 50이라는 숫자는 스스로도 괜찮은 나를 만들어 내야 했고, 이미 너무 늦었다는 조급함이 목을 조르듯이 괴롭혔다.

뒤돌아보니 내 걸음은 어떤 방향성을 띤 의미 있는 발자국이라기보다는 어디로 가는지도 모를 낱개로서의 발걸음들뿐이었으니 살아온 길을 되돌아보는 것으로는 그 어떤 가치나 의미를 찾을 수 없어 보였다.

비가 부슬부슬 내리던 그날, 나는 내게 물었다.

"지금까지 네가 쥐고 있는 모든 것과 너의 일상을 송두리째 갈아엎어서라도 죽기 전에는 꼭 이루고 싶은 일이 있는가?"

내 모든 것과 바꾸어도 후회되지 않는 일?
앞으로의 시간을 몽땅 털어 넣어도 아깝지 않은 일?
너무도 거창한 그 질문에 대한 답을 찾는 데는 그리 오랜 시간이 걸리지 않았다.

이 세상에 던져지듯 태어난 채로 울고 웃고, 다투고 끌안으며, 하루하루 살아가고 있는 '나'라는 것이 과연 무엇인지는 알고 가야겠다. 그것만 알고 갈 수 있어도 내 인생을 송두리째 바쳐도 아깝지 않겠다.

내가 왜 태어났는지를 아는 것이 더욱 근원적인 문제일 테지만, 그것은 왠지 신의 영역에 가까운 질문인 것 같았다. 영리한 나는 우회하여 나 스스로 답을 찾을 수 있는 확률을 높여, 내 존재에 대해 깊이 생각해 보기로 했다.

'내가 누구인가'는 알아야 삶의 방향이 명확해질 것이고, 죽음 앞에서도 당당할 수 있지 않을까? 그래서 선택한 것이 바로 명상이다.

쉽게 이룰 수 없고, 그만큼 어렵고 고독한 일이지만 그럼에도 계속해야만 하는 것이기에 더욱 고귀하다.

언젠가 그 길 끝에서 알게 될 것은 '결국 나란 것은 실체가 없는 거구나.' 하는 무아(無我)의 경지일 것이고, 그렇게 나를 허물어트림으로써 온전한 마음을 되찾을 수 있을 것이다.

네 마음속
어디까지 들어가 봤니?

해녀의 계급은 물질하는 깊이에 따라 나누어진다는데,

수심 10미터 이상에서 작업이 가능한 해녀는 '상군'이라고 부른다. 이들은 가장 먼바다까지 나가서 물질을 하고 낮은 계급의 해녀들이 하는 구역에서는 절대로 해산물을 채취하지 않는다.

그다음으로 5~10미터에서 작업이 가능한 해녀는 중군.

마지막으로 3~5미터에서 작업을 하는 해녀를 하군이라 하는데 주로 '똥군'이라고 부른다고 했다.

그 익살스러운 네이밍에 나도 모르게 풋~ 하고 웃음이 나왔으나 웃고 나니 웃을 일이 아니었다.

수심 깊은 곳에서 물질하는 해녀를 떠올리며

"과연 나는 내 마음속 수심 몇 미터까지 가보았나?"라는 자문을 해보았다. 마음속 수심을 드나드는 해녀로서의 나는 똥군도 안되는 눈질래기였구나 싶었다.

이제 막 입문하여 자기 키만큼의 곳에서 물질하는 해녀를 '눈질래기'라고 한다는데 계급이라고 할 수 없는, 계급 밖의 해녀인 셈이다.

　바닷속 깊은 곳으로 헤엄쳐 들어가는 해녀처럼
　나도 고요히 앉아 '나'에게 들어가 본다.
　무엇이 보이면 좋으련만 들여다보려고 애쓰는 나만 있을 뿐 전복이나 소라 같은 보물은 없다. 이러려고 앉았나 싶어 금방 싫증이 나지만 그럼에도 불구하고 다시 또 고요히 앉아 나를 들여다본다.

　이제는 알았다.
　나를 들여다봄으로써 대단히 멋진 것을 찾거나 대단히 멋진 것을 이루어 내는 것보다 더 중요하고 더 심오한 것은 나를 들여다보는 나를 볼 수 있다는 것이다.
　그러니 지루함도, 못마땅함도 없어진다.

춘설

하얀 눈이
대지 위로 내리는가 싶더니
어느새 눈동자로 들어 와
목구멍을 지나 가슴속으로 내려갔다.

하얀 눈은 계속해서 내렸고
대지도 나도 하얗게 뒤덮였다.

그러니 대지도 나도 무죄다.
더 이상 속죄할 것이 없다.

때아닌 춘설로 모든 것이 하얗게 씻겨졌다.

출간일기

●. 목요일

도서관에서 진행하는 자서전 쓰기에 수강생으로 참여했다.

《내 인생의 자서전 쓰기》라는 책 진도에 맞추어 유년 시절부터 정리하기 시작했는데…, 뜻밖에도 글을 써나가면서 미처 깨닫지 못했던 아름다운 이야기들이 내 유년기에도 있었음을 알게 되었다. 아주 작은 기쁨이나 아주 작은 즐거움이었지만 칠흑같은 밤하늘에 내 걸린 별님 같았다. 아! 이래서 글쓰기는 치유의 효과가 있다고 하는구나.

자서전 쓰기 행사를 진행하셨던 '책과사람' 대표님께서 글에 소질이 있는 것 같으니 글을 좀 써보면 어떻겠냐고 하셨다.

나도 책을 낼 수 있고, 작가가 될 수 있다고 생각하니 세포들이 기뻐 날뛴다. 글을 빨리 쓰고 싶어서 마시던 차가 아직 남아 있었지만 나는 빨리 집에 가야겠다고 말씀드렸다. (후다닥)

●. 금요일

글 쓸 생각에 오두방정을 떨며 집으로 왔지만, 그 와중에도 '내 주제에 무슨 책을 낸담…' 하는 마음이 없지 않았다.

막 덤벼들 게 아니라 나도 남들처럼 생각이란 걸 좀 해보자. 지금처럼 강제적으로 활동이 제한된 시국에 글쓰기보다 더 좋은 것은 없겠다고 결론을 내렸다.

그래. 차분히 돌아보면서 내 삶을 정리해보자.

좋아. 한번 해보는 거야!

● 첫째 날 (토요일)

책을 내겠다 마음먹고 첫 번째로 쓴 글은 '벚꽃 단상'이었다. 올해 많은 일들이 있었지만 오매불망 사랑스러워하던 목련에서 벚꽃으로 갈아탄 것은 나에게 빅뉴스 중에서도 빅뉴스감이었기 때문이다.

쓰고 나니 제법 괜찮은 것 같았다. 어제보다 더 깊은 자신감이 생겼다. 그니까. 한번 해보자니까!

● 둘째 날 (일요일)

남편에게 나는 오늘부터 글 쓰는 작가가 되었다고 소개하면서 앞으로는 작가님이라고 불러야 한다고 알렸다.

저쪽에서도 수긍을 해야 되는 것이니 어제오늘 쓴 몇 편의 글을 읽어주었다.

귀담아듣던 그는 "당신은 글재주가 있네."라고 하면서 훌륭한 작가가 되려면 책을 많이 읽어야 하니 앞으로는 옷을 사지 말고 그 돈으로 책만 사서 보라고 했다.

좋은 작가가 되라고 덕담을 해주는 건지, 옷을 그만 좀 사 입으라는 건지 헷갈렸지만 다시 묻지 않았다.

그나저나, "이건 언니가 안 맞는다고 준 거야. 이건 작년에 입던 거잖아."라는 거짓말을 여러 번 했는데 벌써 다 눈치채고 있었나 보다. 상대는 내가 생각한 것보다 훨씬 더 용의주도하고 주도면밀하니 앞으로는 더욱 조심해야겠다.

●. 셋째 날 (월요일)

오늘은 다섯 편의 글을 썼다. 머리에서 줄줄 나오는 대로 손으로 받아적어 말을 달리듯이 썼다.

어차피 지금은 글의 질보다는 글감을 많이 모아 보는 게 중요하다.

세 편을 골라 남편에게 톡으로 보냈더니 잘 썼다고 한다. 그러면서도 아주 잘 써진 유명 작가의 수필 몇 편과 시 몇 편을 다시 톡으로 보내왔다.

이렇게 작품성이 보장된 게 아니면 보내지 말라는 말일 수도 있고, 이런 좋은 글도 있으니 더욱 분발하라는 뜻일 수도 있다.

선택은 후자! 전자는 참고만!

●. 넷째 날 (화요일)

아침부터 내내 '오늘은 뭘 쓰지?'라는 고민을 해보지만 '딱!'하고 떠 오르는 게 없다. '어떡하지…' 하고 고민을 하다가 다른 작

가의 책을 보았다. 병색이 짙으신 나이 드신 노모의 간병 이야
기였다.

그 글을 읽고 나니 죽음이라는 단어가 떠올랐고, 몇 해 전 장
례식장에 갔던 일이 생각나 자판을 '뚜뎅기며' 열심히 적어 내려
갔다. 후유…, 위기를 넘겼다. 아주 잘했다.

원래 하늘 아래 새로운 것은 없다고 했다.

퇴근해서 돌아오는 남편에게 그사이 쓴 글을 몇 편 읽어주겠
노라고 했더니 극구 사양 했다.

나중에 돈을 주고 사서 보겠단다. 진짜 책이 나왔으면 하는
말인지 아니면 지금 한번 들어주면 시도 때도 없이 달려들겠다
싶어 자신만의 살아남을 방편으로 그러는 건지 역시 알 수 없는
노릇이다.

용의주도하고 주도면밀하면서 치사하다.

●. 다섯째 날 (수요일)

오늘은 하루 종일 한 편의 글을 썼다. 더 이상은 글감도 떠오
르지 않았다. 그래도 걱정할 건 없다. 이미 써놓은 글이 있으니
그것들을 다듬으면 되니까.

해서 이미 쓴 글들을 찬찬히 '누구처럼' 용의주도하고 주도면
밀하게 살피면서 고치고 또 고쳤다.

글을 더 매끄럽게 하기 위해 중언부언하는 것을 빼내고, 읽는

사람의 입장으로 보아 이런 건 왜 썼을까 하는 의구심이 드는 문장들도 거침없이 도려냈다. 그러고 보니 글맛이 훨씬 좋았다.

어찌 보면 글을 다듬는다는 것은 더 아름답게 꾸미는 게 아니라 필요 없는 것을 잘라내는 과정의 연속이라고 생각되었다.

군더더기만 빼어도 글이 훨씬 생명력을 갖추었다.

문제는!

한 권의 분량을 쓰자면 마침표 하나라도 버리기 아까운 이 판에 문장을 싹둑싹둑 잘라내니 심장 쫄깃거리고 현기증이 돌고 있었지만 도리가 없다.

●. 여섯째 날 (목요일)

글을 써보라고 권유해 주신 분을 뵈러 갔다.

괜찮다 싶은 짧은 글 두 편을 골라 보여드렸다.

잘 써졌다고 하시면서도 글이 너무 짧으니 맥락에 맞는 인용구나 시구를 활용해 보라고 하셨다.

안숙선 명창의 〈사철가〉, 헬렌 켈러의 〈사흘만 볼 수 있다면〉, 〈오관계〉 등을 붙여 몇 개의 글이 재탄생되었다.

●. 일곱째 날 (금요일)

벚꽃단상에 살을 붙여보았다.

이거 쓸 때는 쉽게 줄줄 써 내려갔던 글인데 맥락을 맞추어 살을 붙이려니 너무 어려웠다.

단문을 늘리려니 글의 내용이 희석되어 색깔이 없어지는 느낌이었다. 그래서 단문은 그대로 놔두고 뒷부분에 천을 덧대어 꿰매듯이 생각을 조금 더 덧대어 나갔다.

이삼 십 분 정도 들여 쓴 글이었는데 문맥을 놓치지 않으면서 붙여 쓰려니 서너 시간은 족히 걸린 것 같다.

히유…, 하나의 글감을 가지고 길게 말할 줄 아는 것이 작가의 근육 같은 거였구나.

오전 10시 반부터 책상에 앉았고, 밤 10시 반이 되어서야 자리를 털고 일어났다.

오늘은 경상도 양반이 밖에서 저녁을 드시고 온다니 고마운 일이다. 항상 자기만의 스타일로 외조를 하는 사람이다.

●. 여덟째 날 (토요일)

아버님 생신상을 차려야 해서 몸도 마음도 바쁜 맏며느리지만 빛의 속도로 준비해 두었다.

2시 출발 예정이니 아주 조금은 시간이 남았다.

나는 그 아주 조금의 시간마저 글을 썼다.

●. 아홉째 날 (일요일)

생신상을 치우고 나니 첫눈이 소담스럽게 내려 제법 쌓이고 있었다. 싸리비를 들고 마당을 쓸고 있자니 글감이 떠올랐다. 얼른 뛰어가 휴대폰에 저장해 두었다. 제주도 해녀 이야기와 태국 여행에 관한 이야기를 중요 단어와 생각나는 순서 등으로 간략하게 기록해 두었다.

아… 빨리 집에 가고 싶다. 빨리 가서 글을 써야 될낀데.

집에 도착하니 저녁이 다 되었다. 저녁 식사 시간을 아끼기 위해 치킨 한 마리를 시켰고 식사 후 책상에 앉아 글을 두 편 썼다. 글을 쓰고 여러 번 다듬었다. 읽을 때마다 빼고 싶은 거, 넣고 싶은 거, 바꾸고 싶은 것들을 고쳐가며 읽고, 고치고 또 고치며 마무리하였다.

제주도 해녀의 글은 한 시간 반 정도가 걸렸고, 태국 여행 이야기는 4시간도 넘게 걸렸다. 다른 때 같았으면 시골에서 가져온 짐을 정리하는 대로 씻고 쓰러졌을 텐데 6시간 넘게 글을 써도 피곤한 줄을 모르겠다.

이 기운은 어디서 나오는 걸까? 흐흐흐…. 이제 자야겠다.

내일이 기다려진다.

●. 열 번째 날 (월요일)

야심 찬 다짐으로 어제 잠자리에 들었는데, 오늘은 하루 종일 잠만 잤다. 주말 일정이 피곤했나 보다.

글을 써야지 하면서도 몸이 일으켜지질 않았다. 나는 프리랜서 작가니까 쉬고 싶을 때는 쉬는 거다.

멋지다.

●. 열한 번째 날 (화요일)

오전까지 일이 좀 있어서 잰걸음으로 일을 마치고 돌아왔고, 오늘은 글감이 떠오르질 않아 그동안 쓴 글들을 보완했다.

처음부터 다시 읽어보니 뭔가 아쉬운 생각이 들었다. 이런 허접한 걸 어떻게 책으로 낼 수 있나 싶었다.

그럼에도 불구하고 책을 집필해 보는 데 의의를 두기로 했으니 쫄지 말고 그냥 쓰는 거다. 받아 놓은 날이 있는 것도 아니니 좀 더 고쳐서 더 좋은 글로 만들면 된다.

암!

●. 열두 번째 날 (수요일)

응급상황!

일주일 전쯤 혹시나 하는 마음에 복사본을 만들어 두었다.

그 이후로 서너 편의 글에 추가 분량을 넣어서 글밥을 늘려 놓았기에 처음 써둔 글과 현재의 고쳐 쓴 글을 비교해 보고 싶었다. "어머나! 나 이만큼 성장했네."라는 스스로의 칭찬이 필요했나 보다.

그런데 이상한 상황이 벌어졌다. 고치기 전에 글들이 지금의 글보다 훨씬 더 간결하고 맛깔스러웠다. 이 일을 어쩌면 좋은 가? 어떤 것으로 선택할지는 나의 몫이다.

●. 열세 번째 날 (목요일)

벚꽃 단상은 내가 책을 쓰기로 마음먹고 쓴 첫 글이기에 나에게는 의미가 있는 글이었는데 분량을 늘이기 위해 덧붙여놓아 처음 감흥을 잃어버렸기에 여간 신경이 쓰이는 게 아니었다. 오늘은 원래대로의 짧은 글로 마침표를 찍고, 글 뒤에 붙여져 있던 글을 잘라내서 다른 꼭지의 글로 마무리해 두었다. 잘했다.

●. 열네 번째 날 (금요일)

엊그제 수영장에 갔을 때 메모해 두었던 힘을 빼는 것에 대한 것. 그리고 수영장 내부에 인공호흡법에 대한 안내문이 붙어 있었는데 그걸 보니 후~하고 불어넣은 숨으로 한 생명을 살릴 수 있다는 게 신기했다. 그래서 글을 써야겠다고 생각해 두었는데 오늘에야 글로 정리했다. 너무 오랜 시간 노트북을 보고 있으려니 눈이 너무 건조하여 여간 고통스러운 게 아니다.

이제야 루테인을 정성스럽게 먹고 있고 혹시나 하여 당근도 와그작와그작 먹어본다. 눈이 아파 더 이상 모니터를 보고 앉아 있을 수가 없어서 쉬면서 생각나는 대로 글감을 메모해 두었다.

이렇게 메모 된 글들이 어떻게 펼쳐질지 너무도 궁금하다.

●。 열다섯 번째 날 (토요일)

어젯밤 연탄을 소재로 소통에 대한 글을 시작해 보았는데 쉽게 풀리지 않았다. 소통이라는 뻔한 주제가 들어가 있어 지레 겁이 났던 것 같다. 몇 번을 다시 시도해 보았지만, 글맛을 내지 못해 그냥 포기했다.

오늘 아침에 다시 한번 써볼까 하다가 포기하고, 나이 50을 맞아 고민했던 것들을 글로 풀어내 보았다.

각자의 멋진 답을 가지고 있을 것이니 서로 공유할 수 있다면 얼마나 멋진 일일까? 생각하며 써 내려갔다.

●。 열여섯 번째 날 (일요일)

오늘 아침 늦잠을 자고 일어나 양치만 마치고 책상 앞에 앉았다. 태국 사원에서의 글을 써 내려가기 시작했는데 다섯 편이나

써졌다. 지난 일이기에 특별히 머리 쓸 일이 없고 그때의 느낌이
나 감정을 생각나는 대로 써 내려가니 쉽게 풀려나왔다. 역시 나
는 누군가에게 귀감이 되는 어려운 글보다는 그냥 내 일상을 내
보이는 편이 훨씬 나은 것 같다. 머리에 쥐가 날 것처럼 복잡하
지도 않고, 추억을 되새기며 써 내려가니 힘든 줄을 모르겠다.

일단 낮잠을 좀 자야겠다. 안구건조증이 심해져. 약도 소용이
없는 것 같고, 인공눈물도 넣을 때뿐이다. 화면을 쳐다보는 내
내 너무 고통스럽다. 일단 쉬자 좀.

●. 열일곱 번째 날 (월요일)

어젯밤에 자면서 메모해 두었던 에피소드로 열 페이지 분량
을 썼다. 글의 질감이 아니라 분량이 나를 기쁘게 했다.

내 인생 영화인 〈체리 향기〉를 어떻게 쓰면 좋을까 여러 번
생각하다가 전지적 작가 시점으로 쓰면 흥미롭겠다 싶었다. 수
차례 본 영화이니 그 주인공의 속마음은 어느 정도 헤아려졌기
때문이다.

시작해 보니 잘 풀려나갔다. 특히 '공허한 눈동자를 매단…'
이라는 문구를 쓰고 나서 내가 얼마나 대견했는지 모른다. 너무
멋진 표현이다.

오늘은 글이 잘 써지는 날인가보다. 신이 나서 썼다.

'산에서 알밤을 주워온 일, 어머님 삼배, 불교'. 이렇게 간단히

메모해 둔 것들이었지만 글감으로 충분했다.

나는 행복해진 마음으로 밤늦게 잠자리에 들었다.

●。열여덟 번째 날 (화요일)

지금까지 쓴 글을 출력해서 읽어보니 그중에 잘 된 글 30편, 보통 글 20편, 고치거나 안 올리고 싶은 글이 10편 정도 되었다. 다른 사람이 볼 때는 어떤지 확인받고 싶었지만, 남편이 들어주질 않으니 답답했다. 그가 좋아하는 삼겹살과 배추쌈을 준비해서 실컷 먹인 후 글을 좀 들어달라고 부탁을 했다. 배가 부른 그는 수락했다.

잘 된 것만 들려줬다. 용의주도하고 주도면밀한 그가 말했다. 글을 통해 독자를 가르치듯 말하는 뉘앙스가 들어가면 안 된다. 독자는 글을 쓰는 당신보다 더 나은 사람이라고 생각해라. 말미에 공자님 말씀 같은 느낌으로 결론을 짓지 말고, 독자가 생각해 보도록 여운으로 남겨둬라. 특히 군더더기가 너무 많고 중복되는 의미의 말이 너무 많다. 다 빼고 간결하게!

어떻게 다 빼? 당신 말대로 하면 그건 수필이 아니라 시잖아. 이 사람아 시 같은 수필이 진짜 좋은 수필이야!

수필을 읽는 이 남자만의 취향일 수도 있겠지만, 일견 그렇기도 한 것 같으니 또다시 눈물겨운 칼질을 해야겠다.

●。열아홉 번째 날 (수요일)

잠을 잘 때 휴대폰을 항상 옆에 두고 잔다. 자면서도 글감 생각을 한다. 운 좋게도 생각나는 것이 있으면 그때마다 휴대폰을 켜고 메모해 둔다. 일어나서 휴대폰을 열어보니 이렇게 적혀 있었다.

'배추전. 경상도 남자. 뇌 구조 한 번 심플하다. 시집와서 막걸리와 함께 먹은 배추전.'

경상도 남자가 유일하게 이성을 잃는 포인트가 있는데 그게 바로 배추전 앞이다. 배추전을 먹을 때만큼은 식탐 많은 개구쟁이로 돌아간다. 더 놀란 것은 신혼 초에 남편 고향 친구들을 초대한 상에 배추전을 올려놓았더니. 그 사람들! 사람이 아니었다.

퇴근하여 돌아온 그에게 으스대면서 말했다. 오늘은 작가님이 특별히 배추전에 대해 썼으니 한번 들어보라고 했더니 "이 사람아 나는 배차적을 좋아하는 거지 배차적으로 쓴 글을 좋아하는 게 아녀요." 하면서 안 듣겠다고 했다.

하…, 이런. 배차적 골수가 지금 속에 없는 말을 하고 있다.

부득불 싫다는 그의 귓구녕으로 내 글을 밀어 넣었다. 역시나 용의주도하고, 주도면밀한 그는 배추전이 아니라 배차적이라고 잘못된 걸 지적해 주었고, '큰 방티'라고 쓴 것을 다른 사람들이 알 수 있겠냐고 하면서도 그렇게 쓴 건 잘한 일이라고 칭찬해 주었다. 이번 주말에 배차적 한번 구워줘야겠다. 에헴.

●. 스무 번째 날 (목요일) 크리스마스 이브

'속옷, 용도, 큰어머님. 왜 그렇게 엄마들은 속옷 하나 변변히'

속옷에 관한 스토리가 생각나서 휴대폰에 이렇게 메모해 두었던 것을 어제 글로 완성시켰다. 오늘 다시 읽어보니 괜찮은 것 같다. 딸의 이야기도 들어있고 해서 잘 다듬고 다듬어서 딸에게 톡으로 보냈다. 한 줄 답변이 왔다.

'ㅋㅋㅋㅋㅋㅋㅋㅋㅋㅋㅋㅋ도깨비 빤스'

도깨비가 아니라 '스페셜에디션'이라고 몇 번을 말해도 우리 딸은 저렇게 부른다. 속이 상하다.

나도 우리 엄마 것을 놀렸으니 그에 대해 미안하게 생각해야 겠다.

●. 스물한 번째 날 (금요일) 크리스마스

메리 크리스마스!

3일 연휴의 첫날. 아침 6시에 눈이 떠진 우리는 크리스마스인 만큼 아기 예수 탄생도 기념할 겸 해서 자연스레 종교 이야기를 하게 되었다. 나는 그동안 테라와다 불교에 매료되어 있었으나 우연한 기회에 티벳불교의 보리심에 마음이 동해 다람살라에 꼭 한번 가봐야겠다고 했다.

그랬더니 경상도 남자는 불교를 알려면 역사를 먼저 알아야 한다면서 중국과 티벳 어쩌고저쩌고, 인도가 어쩌고저쩌고, 〈왕

오천축국전〉 어쩌고저쩌고, 중국의 동굴 어쩌고저쩌고, 아무튼 그렇단다.

이 남자는 아는 게 많다. 아니 내가 모르는 게 너무 많기 때문에 상대적으로 그래 보일 수 있는 것이니 쫄지는 말자. 그리하여 오늘은 이 남자에 대해서 글을 써야겠다 마음먹었다.

우리 윤 서방, 손이 큰 여자, 부부싸움, 이 남자의 일상에 대해 썼다. 내가 읽어 줄 테니 들어보라고 하니 귀를 막고 도망가 버렸다. 저녁 식사 후에는 아버지와 짜장면, 구도자2, 무소유 등을 썼다. 애썼다.

●. 스물두 번째 날 (토요일)

오전에 생각나는 글감이 있어서 몇 편 적어두었고 그중에서도 TV문학관을 주제로 한 글을 읽어주었더니, 남편은 잘 썼다고 하면서도 여전히 내 글이 성에 안 차는 눈치다. 군더더기가 아직 붙어있고, 글이 힘이 없다고 했다. 칭찬받을 거라고 생각했는데 또 이래라저래라 하니 속상했지만, 그래 봤자 내 손해였다. 어디를 다듬으면 좋겠냐고 다시 물으니 그건 작가가 할 몫이니 더는 묻는 게 아니라고 했다. 살짝 승질이 났지만 맞는 말이다.

밉지만 맞는 말만 하는 사람이다.

잠깐 심드렁하게 드러누웠다가, 역시 이래 봤자 내 손해지 싶어서 다시 일어나 칼질을 해댔다. 역시 잘라내니 글이 더 좋아졌다. 물어보길 잘했고, 잘라내길 잘했다.

　하루 종일 식음을 전폐하다시피 매달렸고, 눈이 아픈 사정은 봐주지 않았다. 아픈 건 아픈 거고, 글은 마무리해야 했다. 나는 내가 잘 안다. 이렇게 하지 않으면 흐지부지하다가 "내가 무슨 글을 쓴다고…, 이걸 누가 읽는다고…" 하면서 포기할 게 뻔하다. 그러니 쇠뿔도 단 김에 빼야 되고, 번개 칠 때 콩 구워 먹어야 한다. 안 그러면 못한다.

　다행히도 하루 종일 매달린 덕분에 한 권 분량의 글이 드디어 완성되었고 목차 구성까지 마무리하였다. 너무 좋아서 어깨춤이 절로 나왔다.

●. 1차탈고

　어제는 모처럼 편안하게 잠자리에 들었다. 그러나 아침에 눈을 떴을 때는 약간의 불편감이 있었다. 꼭 써야 하는 글이었지만 엄두가 나지 않아 못쓴 게 하나 있기 때문이다. 후회할 일은 하지 않는 게 좋다.

　바로 노트북을 켜고 앉아 머리에서 나오는 대로 줄줄줄 받아 적어 놓고, '좌충우돌 명상이야기'라고 제목을 붙였다. 이로써 1차 탈고를 마무리하였다.

●. 2차 탈고

'탈고'라는 말을 '완성'이라는 의미로 잘못 알고 있었다.

안타깝게도 탈고 이후부터가 본격적인 글쓰기 작업이었다. 그동안의 작업이 쌀을 씻어 솥에 안치는 일이었다면, 지금부터는 실제 불을 조절해가면서 밥이 익을 때까지 정성을 들여야 했다.

나는 이십여 일을 비장한 각오로 앉아 철저히 독자의 눈으로 글감 하나씩 부여잡고 수도 없이 다듬고 다듬었다. 그렇게 매달렸는데도 소생의 기미가 없는 것은 가차 없이 삭제했다.

경상도 남자는 책이 나올 것을 생각하니 몹시도 걱정이 되어서 그러는지 읽는 사람이 머릿속으로 생생하게 떠올릴 수 있도록 묘사해 보라고 했다.

눈치가 빠른 나는 아버지와 짜장면에서는 아버지의 평소 모습을 상세하게 묘사해 보았고, 역지사지에서는 게임을 할 때 느꼈던 감정을 자세하게 풀어 놓아 보았다. 역시 글이 훨씬 더 맛있어졌다. 신이 난 나는 전체 글을 다시 살펴보면서 상황이나 감정묘사에 신경을 쓰며 공을 들였다. 제법 글 다운 글이 만들어져 가고 있었고 비로소 밥이 되어가는 구수한 냄새가 난다. 애썼다.

●. 출판사로 보내며

돌이켜 보니 글을 쓰는 동안 3단계를 거쳐 여기까지 온 것 같다.

첫 번째로는 어떤 이야기든 상관없이 떠오르는 게 있을 때마다 글로 옮겨 보는 작업이었다. 이 과정에서는 무조건 많이 써놓는 게 제일이었다. 문맥에 신경 쓰지 않아도 된다. 그런 것에 신경 쓸 시간에 한 자라도 더 적어 놓는 게 유리하다. 무조건 많이! 많이!

두 번째로는 시간이 날 때마다 써 놓은 글을 살펴보면서 문맥을 세우고 문장을 구조화시켰다. 소리내어 읽어 보면서 문맥을 맞추어 나가니 어렵지 않았다. 입으로 읽고 귀로 들으면서 부드럽지 않은 곳을 다듬어 보았다. 주요 이슈와 상관없는 이야기나 잘난 척하고 싶어서 갖다 붙여놓은 구절들을 잘라내야 했다. 이때 심장이 벌렁거려서 가위질을 그만두고 싶었지만 그럴 때일수록 더욱 '싹뚝! 싹뚝!' 잘라내고야 말았다. 그제야 글이 생명력을 가질 수 있었다.

마지막 관문으로는 문맥을 해치지 않는 선에서 맛깔스럽게 표현해 보는 것이다. 가장 조심스러우면서도 에너지가 많이 쓰이는 시간이었다. 그렇지만 이 과정이 나에게 가장 큰 기쁨을 주

었다. 머리털을 쥐어 짜내면서 여러 가지 표현을 바꾸어 보며 수
도 없이 반복해 보았다. 그렇게 미친 듯이 하고 나면 입가에 미
소가 지어지는 문장들이 나오곤 했다. 그야말로 나만의 글맛이
만들어지는 시간이었다.

　이런 시간들을 거쳐 거칠고 투박했던 글이 제법 모양을 잡아
나갔다.
　자 이제 다 됐다.
　내가 지은 글밥을 볕에 내걸어 두고 나는 그 그늘 아래 낮잠
이나 한잠 자야겠다 (마침표 꾹)

글밥 짓는 여자

초판 1쇄 2021년 03월 15일

지은이 이지영
발행인 김재홍
총괄 · 기획 전재진
디자인 이근택 김다윤
교정 · 교열 전재진 박순옥
마케팅 이연실

발행처 도서출판지식공감
브랜드 문학공감
등록번호 제2019-000164호
주소 서울특별시 영등포구 경인로82길 3-4 센터플러스 1117호(문래동1가)
전화 02-3141-2700
팩스 02-322-3089
홈페이지 www.bookdaum.com
이메일 bookon@daum.net

가격 15,000원
ISBN 979-11-5622-580-5 03810

문학공감은 도서출판지식공감의 인문교양 단행본 브랜드입니다.